MÉLILOTUS
ET LE CAVALIER
SANS VISAGE

Pour Léon, Ulysse, Youna
et mon Sol,
sans oublier le petit garçon
de Louise et Lionel.

Du même auteur

Mélilotus et le mystère de Goutte-Sèche
Lily-Rose au pays des mangas
Le Secret d'un prénom
Les Dix Soleils amoureux des douze lunes
Un rêve pour toutes les nuits
ACTES SUD JUNIOR

Lao Tseu
Pékin est mon jardin
ACTES SUD

Un cheval blanc n'est pas un cheval
Le Bouvier et la tisserande et autres contes chinois
L'ÉCOLE DES LOISIRS

Foming et le trésor des mers
FLAMMARION

Misako
Étymologies chinoises animées
Qui es-tu ? Que fais-tu ?
MEMO

Vingt-trois délices
Le Sculpteur de femmes
Lully de Chine en Chine
GALLIMARD

Pouvoir de la mélancolie, poètes et souverains à l'aube de la Chine impériale
Affaires résolues à l'ombre du poirier
Sagesse et malices de la Chine ancienne
ALBIN MICHEL

Du même illustrateur

Mélilotus et le mystère de Goutte-Sèche
Nader le musicien du rêve
Et le chien devint l'ennemi du chat
ACTES SUD JUNIOR

Fleur d'eau
Nuage ! Nuaaage !
Portée par le vent
La Sirène des coraux
GAUTIER-LANGUEREAU

ISBN 2-7427-5808-9

Loi 49-956 du 16 juillet 1949
sur les publications destinées à la jeunesse.

Les enquêtes de Mélilotus

LISA BRESNER

MÉLILOTUS ET LE CAVALIER SANS VISAGE

Illustrations de
MARCELINO TRUONG

Calligraphies de
FAN YIFU

美麗蓮

ACTES SUD JUNIOR

*Mélilotus, après avoir résolu le mystère de Goutte-Sèche,
a permis à son père, le juge Mi-Lo, de faire condamner Nogodar,
le dangereux criminel. Dans la ville des Cinq-Saisons,
tout semble maintenant calme et Mélilotus a repris le chemin de l'école
avec son ami Yatagan. Personne ne se doute alors que Nogodar a survécu
et qu'il complote avec le Grand Khan de Mongolie d'envahir la Chine.
Face à cette menace, les pouvoirs de Mélilotus et de Jade-Li
seront-ils assez puissants pour sauver l'Empire
et démasquer le mystérieux Cavalier-sans-Visage ?*

Chapitre un

OÙ L'ON ASSISTE À UNE DISPUTE ENTRE MÈRE ET FILLE ET OÙ L'ON COMPREND POURQUOI IL FAUT TOUJOURS LAVER SES CHEVEUX SALES EN FAMILLE.

Tout était calme dans la ville des Cinq-Saisons et personne n'aurait osé en douter. Car le danger qui menaçait l'Empire le plus vaste du monde se trouvait si haut dans le ciel qu'il aurait fallu posséder cinq yeux pour le voir.

D'un pas rapide, le juge Mi-Lo fit le tour de son tribunal. Il observa avec satisfaction que la salle de l'Audience-Pure était aussi vide que les trois bols de nouilles sautées aux œufs de caïman qu'il avait ingurgités pour le petit-déjeuner. Depuis plusieurs lunes, personne n'avait frappé sur le gong-des-injustices suspendu à l'entrée du tribunal pour porter plainte. Pas le moindre vol à signaler, pas un seul enlèvement à déclarer, nul meurtre à dénoncer.

Comme le juge Mi-Lo n'avait aucune enquête à mener en ce paisible jour-de-la-terre*, il s'installa confortablement dans son cabinet des Mille-Sauts-du-Tigre. D'un coffre en ivoire, il tira une lettre ornée d'un cachet en or. Il s'agissait d'un message que lui avait adressé l'Empereur pour le féliciter d'avoir rétabli la paix et chassé tous les voleurs et les assassins de l'Empire. À peine eut-il le temps de relire la phrase qui lui disait combien il était le juge le plus admiré de tous que sa femme, Jade-Li, fit irruption dans son cabinet :

– Li-Li ! Dix mille bonheurs ! s'écria le juge Mi-Lo. (Les deux époux avaient l'habitude de se saluer ainsi dès qu'ils se retrouvaient après une lune ou dix grains de sablier de séparation.)

– Lo-Lo ! À l'ombre de tous ! répliqua Jade-Li d'un air sombre, sans lui donner les trois baisers rituels sur le nez.

* *Découvre comment on nomme les jours de la semaine, page 153.*

– On dirait que tu es d'une humeur de lionne herbivore ce matin ! remarqua le juge Mi-Lo. Que se passe-t-il ?
– Tu ne me trouves pas groin-de-grenouille ? lui demanda Jade-Li.
– Je ne te trouve pas si bizarre. À part ta mauvaise humeur, tu me parais très élégante dans ta nouvelle robe... répondit le juge Mi-Lo.
La femme du juge le plus admiré de la Terre portait ce matin-là une robe verte à longues manches rouges ceinturée par une triple guirlande de jasmin sauvage.
– Regarde mieux, répéta Jade-Li en montrant du doigt son bonnet de nuit qu'elle avait gardé sur la tête.
Le juge se leva de son fauteuil et examina sa femme comme s'il était parti sur la piste d'un dangereux criminel. Jade-Li, hors d'elle, se mit à tournoyer autour de son mari comme une renarde qui chasse un coq. Des moineaux se posèrent même sur le bord de la fenêtre pour les regarder courir.

Quand Jade-Li ferma violemment la fenêtre, presque tous les moineaux s'envolèrent. Ceux qui s'attardèrent virent Jade-Li sortir en courant du cabinet et se diriger tout droit vers l'entrée du tribunal, où elle prit le maillet-de-la-colère pour frapper de toutes ses forces sur le gong-des-injustices.
– Je veux porter plainte ! cria-t-elle. Que le procès commence tout de suite !
Le juge accourut et dut se boucher les oreilles car Jade-Li frappait le gong de plus en plus fort.
– Je veux porter plainte ! répétait Jade-Li, le maillet-de-la-colère à la main.
– Ma douce Li, implora son mari, cela fait des lunes et des lunes que rien n'est arrivé grâce à moi. Je relisais à ce propos la lettre de notre bien-aimé Empereur qui me félicitait d'avoir rétabli la paix...
– Moi aussi j'ai envie de te féliciter, répliqua Jade-Li en fronçant les sourcils, tu es le père de ta fille...
– Ça, je le sais depuis bientôt treize ans, l'interrompit le juge Mi-Lo en souriant.
– C'est contre elle que je porte plainte ! hurla Jade-Li.
Le juge Mi-Lo éclata de rire tandis que Jade-Li frappait une nouvelle fois sur le gong-des-injustices.
À ce moment, le bonnet de nuit de Jade-Li tomba. Le juge Mi-Lo vit qu'on

avait coupé les longs et beaux cheveux de sa femme au niveau des oreilles. Il comprit alors qu'il ne passerait pas un jour-de-la-terre aussi calme qu'il l'aurait voulu.

Un aller-retour de sablier plus tard, Jade-Li et le juge Mi-Lo entrèrent dans la chambre de leur fille sans frapper. Ils virent Mélilotus en train de se coiffer. Des ciseaux et de longs cheveux noirs et brillants comme des plumes de pie traînaient tout autour d'elle.

– Tu vois, c'est elle la coupable ! déclara Jade-Li à son mari.

Le juge Mi-Lo s'approcha de sa fille et lui pinça l'oreille comme le voulait l'usage quand on attrape un accusé.

– Pourquoi as-tu coupé les cheveux de ta mère pendant son sommeil ? demanda-t-il d'un ton sévère.

– J'avais besoin d'une frange... et mes cheveux ne poussent pas assez vite ! répliqua Mélilotus, la tête baissée.

À son tour, Jade-Li tira l'oreille de sa fille :

– De quoi ai-je l'air maintenant ? D'un chat sans queue ni moustaches ! Je ne peux même plus faire mon chignon pour y planter les précieuses épingles que tu m'as aussi volées !

Mélilotus sortit de la poche de sa robe-pantalon les épingles en question. L'une était surmontée d'un phénix et l'autre d'un dragon. Elle rendit la première à sa mère et pointa la deuxième vers son père. Elle la fit tourner deux fois en rond et trois fois en carré tout en disant :

– Cil à cil immobile, telle est la cible* !

Aussitôt, le juge Mi-Lo fut paralysé, figé comme une statue de pierre.

Ahurie par le sort que sa fille venait de réussir à lancer, Jade-Li s'effondra sur des coussins.

– Mélilotus, ne me dis pas que tu as trouvé une perle ? demanda-t-elle d'une voix tremblante.

---

* *Retrouve la signification des formules magiques de Mélilotus, page 153.*

D'une main, Mélilotus releva la frange qu'elle avait fabriquée avec les cheveux de sa mère et découvrit son front. Jade-Li y vit une tache violette de la taille d'un petit pois ; la tache ressemblait à un gros grain de beauté.
Mélilotus raconta alors à sa mère comment elle avait trouvé cette perle. C'était son ami d'enfance, Ming-Flèche-des-Deux-Espaces, qui la lui avait donnée.
– Tu sais ce que cela signifie ? répliqua sa mère avec gravité.
– Oui, j'ai tout noté ici, répondit Mélilotus en sortant de son cartable un vieux cahier.
Et d'une voix claire, elle se mit à lire :
– Je ne serai ni une sorcière ni une magicienne, encore moins une fée ou une déesse. Je serai peut-être un jour une Quatre-Yeux comme ma mère, capable de voir-en-haut-et-en-bas-d'un-seul-regard car j'aurai quatre yeux. Pour l'instant, je suis une Simple-Triple car je n'ai trouvé qu'une seule perle. J'ai maintenant trois yeux. Ceux qui ne possèdent que deux yeux, comme presque tout le monde, s'appellent les Sommeilleux. Avant, comme papa et la plupart des gens, j'étais une Sommeilleuse.
Il y a trois millénaires, une Grande Tortue à neuf queues a pondu neuf œufs qui contenaient chacun quatre-vingt-une perles. Tous les mille ans, un œuf éclot et les perles sont dispersées dans tout l'Empire. Les personnes qui trouvent une perle deviennent des apprentis et doivent rechercher une seconde perle pour être admis dans le clan des Quatre-Yeux. Ceux qui ne retrouvent pas la paire deviennent des Simple-Triple. Tous les mille ans, quelques personnes se voient donc offrir le don de la double-vue. Tous les mille ans, il reste toujours une Perle-Solitaire. Au changement de millénaire, cette perle est attribuée à l'un des membres du clan qui s'est distingué par son talent et son dévouement, par l'efficacité des potions qu'il a fabriquées pour faire régner la justice et le bien-être, et par le nombre de Simple-Triple qu'il a réussi à désarmer. Car les Simple-Triple se déchirent pour obtenir la Perle-Solitaire et devenir à leur tour un Quatre-Yeux. Nous sommes en l'an 996 et, dans quatre ans, l'attribution de la quatre-vingt-unième perle que l'on appelle l'Œil-du-Ciel aura été décidée. Le Quatre-Yeux qui la recevra deviendra le Héros de son millénaire et le chef de tous les autres. Il possédera alors des pouvoirs dont tu ne m'as jamais parlé, Ma-Ma-Li…

Jade-Li frotta du bout des doigts les deux grains de beauté bleu foncé qu'elle avait au-dessus de chaque sourcil.
– Je suis désolée de t'avoir coupé les cheveux, mais tout le monde à l'école commençait à me poser des questions au sujet de ma tache violette… expliqua Mélilotus. Avec cette frange, personne ne m'interrogera et je pourrai mieux travailler en classe…
– C'est bon pour cette fois, tu as raison de vouloir cacher ton nouveau grain de beauté, ajouta Jade-Li. Maintenant, il faut lever le sort qui a paralysé ton père.
Jade-Li prit des mains de sa fille l'épingle surmontée d'un dragon et la pointa vers son mari. Elle la fit tourner trois fois en rond et deux fois en carré tout en disant :
– Cible la est telle immobile, cil à cil !
Rien ne se passa, le juge Mi-Lo était toujours figé comme une statue. Jade-Li se mit à siffler entre ses deux dents du bas, aussi serrées que la laine du mouton, ce qui signifiait qu'elle était très en colère.

– Laisse, Ma-Ma-Li, je vais le faire, dit Mélilotus. Tu dois être juste un peu fatiguée.
Mélilotus pointa l'épingle vers son père et d'un geste sûr le délivra du sort qui l'avait paralysé.

生氣

Colère

二

Chapitre deux

OÙ L'ON APPREND QUI EST LA PIRE ENNEMIE DE MÉLILOTUS ET QUI EST LA MEILLEURE AU TOURNOI DE BOUCLANCE...

Malgré la bêtise qu'avait faite Mélilotus en lui coupant les cheveux au niveau des oreilles, Jade-Li ne put s'empêcher d'admirer sa fille qui maîtrisait déjà si bien ses pouvoirs alors qu'elle n'était encore qu'une Simple-Triple de presque deux fois six ans et demi.

– J'ai l'impression d'avoir dormi debout de l'heure du Cheval à l'heure du Chien*, c'est étrange... murmura le juge Mi-Lo. Bon, récapitulons nos mandibules... Ma douce-jadéite souhaite porter plainte contre cette coquine de Mélilotus. J'aimerais vite juger cette affaire car c'est bientôt l'heure du grand marché nocturne de la place du Marché-Rouge et je ne veux en aucun cas manquer mon vendeur de patates douces !

Le juge Mi-Lo s'assit alors derrière le bureau de Mélilotus et prit, en guise de maillet-de-la-justice, sa trousse en bois d'écolière.

– Accusée, approchez ! Selon la loi de l'Empire, je ne peux vous condamner que si vous avouez votre crime à haute voix, exposa-t-il. Je vous écoute.

Mélilotus s'agenouilla au milieu de sa chambre et avoua sa faute.

– Bien, à quel châtiment vais-je vous condamner ? déclara le juge Mi-Lo tout en se grattant la barbe. Un régime de riz sec et d'eau salée pendant une demi-lune... Une centaine d'exercices de mathématiques pendant une lune entière...

– Inutile de plonger au fond de l'océan pour pêcher un oiseau, l'interrompit Jade-Li. Je retire ma plainte !

De sa longue manche gauche, Jade-Li tira un miroir à deux faces et se regarda longuement.

---

* *La correspondance des heures est expliquée page 154.*

– Après tout, ajouta-t-elle, j'aime bien avoir les cheveux courts. J'avais l'air d'une bufflonne en papier mâché et cette nouvelle coupe me fait paraître plus jeune...
Jade-Li fit un petit clin d'œil à Mélilotus qui, de son côté, peignait soigneusement sa frange.
Le juge Mi-Lo poussa un triple soupir d'agacement :
– Ah ! les femmes ! Votre coquetterie à toutes les deux vous emportera un jour dans l'anti-paradis. Puisque tout est arrangé, pouvons-nous oui ou non aller faire les *ours* au marché de nuit ?
Jade-Li et Mélilotus éclatèrent de rire. Dès que le juge Mi-Lo avait des soucis ou qu'il prenait peur, il se trompait sans cesse de mot et multipliait les erreurs.
– Allons faire nos *courses* au marché, corrigea Jade-Li. Nous en profiterons pour passer par ton école, Phénichette.
Dès que sa mère la surnommait ainsi, Mélilotus se sentait aussi désemparée qu'un crabe noyé dans une soupe de poissons et cela n'annonçait rien de bon.
– Pourquoi veux-tu y aller ? C'est le jour-de-la-terre aujourd'hui, l'école est fermée, balbutia Mélilotus.
– Oui, mais ce n'est pas la peine d'y entrer pour voir les affichages-de-la-pleine-lune, répliqua le juge Mi-Lo en consultant le calendrier caché sous le lit de Mélilotus.
– Nous sommes déjà le 7 de la dixième lune ? demanda Mélilotus avec inquiétude.
Pour toute réponse, Jade-Li prit le bras de son mari de sa main gauche et de la main droite, elle tira Mélilotus par un bout de sa robe-pantalon.

Tout le long de l'interminable avenue des Mille-Défis, Mélilotus traîna les pieds. Elle fut aussi prise de quatre quintes de toux que sa mère calma discrètement en lui faisant prendre deux gorgées de sa fiole remplie d'une mesure d'antennes d'escargot et deux mesures de cils d'hippopotame.
Jamais Mélilotus n'avait eu si peu envie d'aller voir les affichages-de-la-pleine-lune. D'habitude, elle était bonne élève et c'était elle qui poussait ses parents pour aller voir les excellentes notes qu'elle avait obtenues. (Dans la ville des Cinq-Saisons, les notes des élèves sont affichées chaque nuit de pleine lune. Cette nuit-là, seule la lune éclaire les résultats de chacun. Ce qui permet aux parents de se promener le soir avec leurs enfants et d'aller ensuite au marché nocturne.)

Si, depuis qu'elle était devenue une Simple-Triple, Mélilotus avait gagné quelques pouvoirs, savait jeter deux ou trois sorts et connaissait des formules magiques pour transformer des matières en autre chose, elle n'avait reçu aucune bonne note, et ceci dans toutes les matières. Même au tournoi de Bouclance, elle était la dernière. Le pire de tout, c'était qu'elle avait de moins en moins d'amis et que personne ne voulait d'elle dans son équipe pour le grand tournoi de fin d'année. Même Yatagan, son meilleur ami, s'était éloigné d'elle et s'asseyait de plus en plus souvent à côté de Mongkâ. Celle que tous les élèves surnommaient "l'aigle", tellement elle était rapide et invincible.

Enfin arrivés devant l'école, Jade-Li et le juge Mi-Lo aperçurent une vingtaine d'enfants qui étaient en train de jouer au Bouclance dans la cour. Mélilotus se cacha aussitôt derrière ses parents. De temps à autre, elle entendait les cris d'admiration que poussait Yatagan pour encourager Mongkâ.

Malgré leur impatience de savoir les résultats de leur fille, Jade-Li et le juge Mi-Lo regardaient avec fascination la partie de Bouclance, et plus particulièrement une joueuse de deux fois six ans et demi qui semblait gagner.

Était-ce l'effet de la lumière que jetait la pleine lune sur la cour de récréation ou était-ce dû aux efforts que déployait Mongkâ pour faire remporter la victoire à son équipe ? La jeune championne n'avait jamais semblé aussi jolie. Derrière sa frange mal coupée, les yeux de Mélilotus le voyaient bien : elle en était morte de jalousie.

Mongkâ jouait dans l'équipe des Tonnerres rouges. Comme les autres joueurs, elle portait un casque sur la tête, un bouclier à la main, un carquois dans le dos et un fourreau en cuir à la ceinture. Cette fois, les Tonnerres rouges affrontaient les Pandas sauvages qui étaient redoutés à cause de leur capitaine, un garçon de grande taille surnommé Lo-Gân. Mongkâ le craignait et ne le quittait pas des yeux.

– Je ne comprends pas très bien le but de ce jeu, dit Jade-Li à son mari.

– C'est simple ! répondit le juge Mi-Lo. Dans le Bouclance, chaque équipe est composée de neuf joueurs qui se font face à une dizaine de mètres de distance. Tu vois, ils ont tous des carquois remplis de lances courtes. Au début de la partie, chacun possède quatre lances-tigres et une seule lance-chat. À tout moment, un joueur projette une lance de son choix contre un adversaire. L'adversaire doit deviner si on lui a lancé une lance-tigre ou une lance-chat. La première est aimantée et on doit l'attraper avec le bouclier, l'autre n'est pas aimantée et on doit l'attraper avec la main gauche. Il faut être rapide et reconnaître très vite de quelle sorte de lance il s'agit. Si un joueur se trompe et tend son bouclier pour attraper une lance-chat, cette dernière tombe car elle n'est pas aimantée. Au bout de trois lances tombées, le joueur est éliminé.

– Et si le joueur se trompe et attrape une lance-tigre avec sa main, il est aussi éliminé ? demanda Jade-Li.

– Tu as compris, Ma-Ma-Li, répondit Mélilotus. S'il se trompe trois fois en attrapant une lance-tigre avec la main et non avec son bouclier, il est éliminé.

Puis elle désigna du doigt un garçon de deux fois sept ans armé d'un bouclier. Il se tenait debout sur une haute chaise en bois.

– Lui, c'est l'arbitre-chasseur. Il surveille tous les joueurs et contrôle les lances. C'est lui qui détermine quelle équipe a réussi à capturer le plus de lances en se trompant le moins souvent. Il déclare aussi quel joueur en a rattrapé le plus…

– Regarde, dit le juge Mi-Lo à sa fille, on dirait que c'est Mongkâ qui l'emporte…

Jade-Li et Mélilotus virent la jeune fille prendre toutes les lances qu'elle avait capturées dans sa main gauche.

– On dirait que la partie est terminée. Elle a gagné… dit Jade-Li.

– Non, l'interrompit le juge Mi-Lo, Mongkâ doit maintenant faire trois fois le tour du terrain en courant. L'équipe perdante a alors le droit de lui lancer toutes les lances qui lui reste. Si elle parvient à toutes les éviter et à planter au bout de trois tours de terrain ses lances dans la grande jarre que tu vois près de l'arbitre, on la déclare Invincible d'or, d'argent ou de bronze. Son titre dépend du temps qu'elle a mis à parvenir jusqu'à la grande jarre.

Mélilotus vit Lo-Gân, le capitaine des Pandas sauvages, viser Mongkâ avec une lance-tigre. Il la propulsa avec la puissance d'un jaguar des neiges. Secrètement, Mélilotus voulait que la lance touche Mongkâ en plein cœur et qu'elle soit déclarée hors jeu. Mais au même moment, Mongkâ tourna la tête et, alors que la lance venait droit sur elle à la vitesse de l'éclair, elle bondit en l'air et replia ses jambes sous elle. On aurait dit qu'elle volait comme un aigle. Mélilotus comprit en soupirant pourquoi Mongkâ méritait son surnom. La flèche fila sous elle et tomba aux pieds de Yatagan qui hurla de joie. Il était dans la foule qui encoura geait les Tonnerres rouges. Il fut aussi le premier à féliciter Mongkâ. Elle avait reçu le titre d'Invincible d'argent après avoir mis soixante-treize grains

de sable pour planter ses flèches dans la grande jarre. Mongkâ retira alors son casque. Ses longs cheveux noirs tombèrent en cascade sur ses épaules. Elle embrassa Yatagan sur la joue tout en lançant un regard noir à son adversaire, Lo-Gân, qui la dévisageait avec un mélange de haine et d'admiration.
Mélilotus se sentit perdue comme dans une forêt d'orties et un océan de poissons-scies.

Un bref instant, elle voulut demander à sa mère de lui prêter son épingle surmontée d'un dragon… Comme elle aurait aimé jeter un sort à Mongkâ et la paralyser jusqu'au restant de ses jours !

矛盾

Bouclance

三

Chapitre trois

OÙ L'ON APPREND COMMENT MÉLILOTUS PEUT ÊTRE DERNIÈRE DE SA CLASSE ET LA PREMIÈRE POUR DÉMASQUER UN VOLEUR.

Tout le monde se dirigeait à présent vers les affichages-de-la-pleine-lune. En fonction des notes que les parents découvraient sur les rouleaux suspendus à l'entrée de l'école, on entendait des *Liao-bu-qi !* de félicitations ou des *Chun-chong-ziii !!!* de colère.

Jade-Li et le juge Mi-Lo s'avancèrent d'un pas confiant. Mélilotus les avait toujours habitués à être bonne élève. Sur un des rouleaux, face au nom de Mélilotus, étaient tracés sept signes identiques. Tous signifiaient : "Médiocre !"

– Tu n'as même pas obtenu une "Excellence" en logique, c'était ta matière préférée ! s'exclama le juge Mi-Lo, furieux.

– Tu es la dernière en usages et proverbes publics ! s'écria Jade-Li.

Elle prit sa fille par la main et la serra si fort que Mélilotus crut un instant qu'elle allait la livrer au terrible Fu-She-Fu-She. (Sa mère possédait en effet une cage capable de se transformer en serpent, une horrible créature qui coupait la langue de ceux qui mentaient ou qui méritaient le titre de *Chun-chong-zi*.)

Jamais Mélilotus n'avait vécu pire jour-de-la-terre. Malgré ses pouvoirs, elle ne pouvait s'empêcher d'avoir envie de pleurer. Elle savait transformer les matières liquides et fragiles en matières solides et invulnérables, et donc les larmes en cailloux, mais à quoi cela lui aurait-il servi maintenant ? Son chagrin restait aussi lourd que le rocher de la crique de l'Oreille-qui-pond-des-œufs-d'hippocampe.

Une main effleura son dos. Elle se retourna, le nez et les yeux rouges. Elle devait être aussi affreuse qu'une patte de crapaud… C'était Yatagan qui venait la consoler !

关武关武、
刘见将秦、
全而然突军
军刘张
武抵迟

– Je ne vaux pas mieux qu'une crotte de cafard bouilli ! se lamenta Mélilotus en reniflant sur son épaule.
– Tu n'es pas aussi sotte que tu en as l'air, je t'assure, répondit Yatagan qui pinça avec gentillesse le menton de Mélilotus entre ses doigts. Il faut juste que tu redeviennes comme avant…
Mélilotus s'écarta de lui :
– Comme avant ? Qu'est-ce que tu veux dire ? s'écria-t-elle.
Mélilotus courut droit devant elle sans attendre la réponse de Yatagan qui la regardait s'éloigner.

Cent sept grains de sable plus tard, Mélilotus déambulait dans les allées du marché entre ses deux parents.
– Dès que nous serons rentrés à la maison, tu feras tous les exercices de logique de ton manuel, lui dit le juge Mi-Lo.
– Et tu réviseras tes trente-trois livres d'histoire, ajouta Jade-Li.
Mélilotus hochait la tête d'un air triste quand elle vit quelqu'un qui lui sembla encore plus malheureux. Était-ce possible d'être plus meurtri qu'elle ? À quelques mètres, un garçon de deux fois sept ans sanglotait en cachant son visage dans ses mains. Il avait l'air désespéré.
Haut dans le ciel, un faucon blanc poussait des cris perçants. On aurait dit qu'il répondait aux sanglots du jeune homme par des ricanements aigus.
Mélilotus posa sa main sur son épaule :
– Pourquoi pleures-tu ? lui demanda-t-elle.
Secoué de tremblements, le garçon marmonna :
– On m'a tout volé, je n'ai plus un seul sapèque…
Le juge Mi-Lo s'interposa aussitôt :
– Qui a osé commettre un vol dans la ville dont je suis le juge ? s'écria-t-il. Comment t'appelles-tu, honorable victime ?

Le garçon de deux fois sept ans répondit :
– Je m'appelle Di-d'or et je suis vendeur d'huile de sésame sur le marché de nuit. Ma mère est malade. Ce soir, j'avais réussi à vendre soixante-dix-neuf bouteilles d'huile. L'argent que j'avais gagné me permettait d'acheter un médicament pour guérir ma mère. Comme j'avais beaucoup travaillé, je me suis endormi pendant un aller et retour de sablier. On m'a tout volé pendant mon sommeil !
Di-d'or s'effondra en larmes. Jade-Li sortit de sa manche un mouchoir-buveur-de-chagrin. C'était un carré de coton blanc où était brodé un caméléon dont la langue avait la forme d'un nœud papillon. Di-d'or essuya ses joues avec le mouchoir et cessa aussitôt de pleurer.
– Il faut retrouver le voleur, supplia Mélilotus en regardant son père avec un air de châtaigne qui saute sur le feu. Ba-Ba-Lo, je t'en prie !
– Arrête de battre du tambour avec ta langue, répliqua le juge Mi-Lo qui n'aimait pas que sa fille l'appelât Ba-Ba-Lo en public. Ce sera une enquête très difficile. Il fait nuit, le marché est rempli de promeneurs et notre voleur peut se cacher n'importe où... Si tu parviens à le démasquer et à récupérer l'argent de Di-d'or, je lève ta punition concernant tes mauvaises notes à l'école. Sinon, j'aggrave ton châtiment ! déclara le juge Mi-Lo.
Jade-Li approuva d'un signe de tête et s'assit à côté de Di-d'or. Mélilotus découvrit alors que toute la foule du marché l'entourait. Même les élèves de son école se pressaient pour assister à la scène. Yatagan se tenait à l'écart avec Mongkâ qui défiait Mélilotus du regard.
– J'accepte de mener cette enquête, dit Mélilotus. Si je ne parviens pas à retrouver le voleur, je mériterai ma punition et je m'engage à rembourser moi-même Di-d'or !
Au fond de son cœur, Mélilotus tremblait à l'idée d'échouer et des gouttes de sueur coulaient sous sa frange. Elle serra les poings dans ses poches et inspira profondément.
– Di-dor, montre-moi où tu t'es endormi, lui dit-elle.
Di-d'or se leva et, d'une main couverte d'huile de sésame, il montra un panier.
– Je me suis reposé, la tête appuyée contre ce panier, répondit Di-d'or.
Mélilotus sourit alors et sortit une main de sa poche.

– Alors, c'est lui le coupable, s'exclama-t-elle, je suis sûre que c'est ce panier qui a volé ton argent. Je vais le battre jusqu'à ce qu'il avoue son crime !

Mélilotus se dirigea alors vers Yatagan.

– Peux-tu me prêter une lance-tigre ? lui demanda-t-elle. Je vais taper sur le panier pour qu'il parle…

Yatagan recula de quelques pas et se mit à rire :

– Mille tortillons de nouille trop molle, tu es complètement folle ! s'écria-t-il. Un panier ne peut pas parler, c'est aussi stupide que de vouloir faire voler un poisson !

Mongkâ aussi éclata de rire et ses longs cheveux ondulèrent contre ses joues roses.

– Ça ne te suffit pas d'avoir les plus mauvaises notes de la classe et d'être la dernière au tournoi de Bouclance ? Tu veux aussi faire honte à ta famille en public ? ricana-t-elle.

Toute la foule fut secouée d'un rire moqueur qui résonna sous la pleine lune.

– La fille du juge Mi-Lo a un litchi à la place du cerveau ! entendait-on à l'est.

– C'est la reine des *Chun-chong-zi* ! scandait-on à l'ouest.

Personne ne pouvait alors entendre les cris du faucon blanc qui planait toujours au-dessus de la ville.

Jade-Li était sur le point de s'évanouir de honte quand elle sortit de sa manche droite un moulin-à-poivre. Discrètement, elle tourna la manivelle deux fois dans un sens puis dans un autre, tout en disant :

– Shi ji mo ji.

Cette formule, destinée à normaliser une situation absurde, aurait dû sauver sa fille de l'humiliation générale. À sa grande surprise, rien ne se passa. Les rires moqueurs redoublèrent de plus belle et Jade-Li perdit connaissance dans les bras de Di-d'or.

Mélilotus sourit et leva un bras en l'air, seule face à la foule.

– Que tous ceux qui sont persuadés que je suis aussi stupide qu'un sac de salive et que je ne retrouverai pas le coupable jettent quelque chose dans ce panier, dit-elle d'une voix calme.

Comme personne ne croyait en Mélilotus, tout le monde se précipita pour jeter quelque chose. Pendant que chacun lançait soit un litchi pourri, soit un

vieux morceau de galette desséchée, Mélilotus ne quittait pas le panier des yeux. Mongkâ avait entraîné Yatagan dans la file. Elle fut la première à y jeter un os de poulet moisi. C'était maintenant le tour de Yatagan. Il hésitait. Pour ou contre Mélilotus ?

– Allez-y, chacun son tour, le panier va bientôt parler, dit-elle à Yatagan.

C'en était trop, Mélilotus avait perdu le noyau de litchi qui lui servait de cerveau. Il lui jeta une de ses lances cassées.

Les gens continuaient de lui lancer tout ce qu'ils avaient de plus laid et d'inutile.

Tout à coup, les yeux de Mélilotus brillèrent. Sous la pleine lune éclatante, elle pointa son doigt vers un homme vêtu d'une cape blanche et au visage dissimulé sous un masque noir. Il venait de jeter un criquet mort dans le panier.

– C'est lui le coupable, arrêtez-le ! cria Mélilotus.

Criquet

四

Chapitre quatre

OÙ L'ON ASSISTE À L'AVÈNEMENT D'UNE NOUVELLE JUGETTE ET AU DÉCLIN DE JADE-LI.

L'homme au masque noir s'enfuit aussitôt à travers les étalages du marché. Il renversait tout sur son passage. Le juge Mi-Lo leva l'index et l'auriculaire de sa main droite. Aussitôt surgit une brigade de cinq sentinelles armées de filets à clous d'argent et de sabres courts.

– Mille obéissances de ceux qui vous donnent leur vie, s'écrièrent d'une seule voix les cinq sentinelles. Nous écoutons les ordres de notre Excellence-au-renom-éclatant, qui a le droit de porter un manteau de quatre pieds sans oublier le chapeau orné d'une plume d'argent qui va avec et un…

– Passons les formalités, je vous prie, coupa le juge Mi-Lo. Rattrapez l'homme à la cape blanche !

Les cinq sentinelles filèrent comme une meute de tigres affamés sur la trace d'un enfant abandonné.

La foule, qui s'était si bien moquée de Mélilotus deux allers et retours de sablier plus tôt, se taisait, immobile. Tout le monde attendait le verdict. Jade-Li était toujours évanouie dans les bras de Di-d'or qui brûlait d'impatience de savoir si la fille que tout le monde avait traitée de *Chun-chong-zi* avait bel et bien démasqué le voleur.

– Je peux vous expliquer dès maintenant comment j'ai réussi à résoudre cette gourde-close, dit Mélilotus en se hissant sur la pointe de ses sandales d'automne.

– Tu nous donneras les résultats de tes *emplettes… Bou !…* de ton *enquête*, reprit le juge Mi-Lo, en présence du présumé coupable.

Le temps qu'une araignée fasse deux tours de toile, les cinq sentinelles revinrent avec l'homme au masque noir emprisonné dans un filet à clous d'argent. Le capitaine des sentinelles appuyait la lame de son sabre contre la gorge de l'inconnu.
– Il est à toi, jugette (autrement dit, fillette de juge), déclara le juge Mi-Lo à sa fille. N'oublie pas, si tu t'es trompée, je te punirai…
– Laisse-moi rendre mon jugement, dit Mélilotus, tu décideras de mon sort ensuite.

La foule de la ville des Cinq-Saisons était suspendue aux lèvres de Mélilotus et Mongkâ avait beau mordre les siennes pour les rendre plus rouges, tout le monde fixait maintenant la fille du juge Mi-Lo.
– "On ne peut pas naître dans la neige sans devenir blanc, ni vivre dans la nuit sans devenir noir..." C'est le trente-sixième proverbe de mon *Manuel de paroles publiques*, commença par dire Mélilotus.
Dans la foule, le maître d'école de Mélilotus ne put s'empêcher de s'écrier :
– C'est bien la première fois que tu te souviens de ce que je t'ai appris !
– Quel exploit, elle connaît la moitié d'un seul proverbe sur les 9 712 réglementaires ! se moqua Mongkâ.
– Bouche-cousue, lui rétorqua Yatagan, tais-toi ! On ne peut la critiquer comme ça sans l'avoir écoutée.
Mélilotus s'avança vers l'homme au masque noir. Les clous d'argent du filet avaient griffé le bas de son visage et ses mains.
– Si l'on ne peut pas naître dans la neige sans devenir blanc, ni vivre dans la nuit sans devenir noir... reprit Mélilotus, on ne peut s'approcher du feu sans devenir rouge ! J'ai fait exprès de me faire passer pour la pire des *Chun-chong-zi* en prétendant que c'était le panier qui avait volé l'argent de Di-d'or. Quand j'ai demandé à…
Mélilotus s'interrompit alors. Elle effleura derrière sa frange son troisième œil et reprit :
– Quand j'ai demandé à un bon ami de me prêter sa lance pour faire avouer le panier, je savais que vous me traiteriez de folle. C'était mon souhait le plus cher. Je voulais que tout le monde pense que je valais moins qu'une loutre sans

tête dans l'estomac d'un lynx. Il fallait que toute la foule se dresse contre moi, persuadée que je ne retrouverais pas le coupable, pour que mon plan puisse réussir. Et vous avez tous sans exception jeté quelque chose dans le panier. J'ai regardé un à un vos vieux os de poulet (Mélilotus jeta un bref regard noir vers Mongkâ), vos bouts de galettes desséchées, vos mouchoirs sales, vos moustiques écrasés et même un criquet mort…

Mélilotus se tut alors, fouilla dans le panier et prit entre ses doigts le criquet sans vie.

– Sur le cadavre de cet insecte, il y a une trace d'huile. Di-d'or vend de l'huile de sésame, il y plonge sans cesse ses mains. Quand on le paye ou qu'il rend la monnaie, il imbibe chaque pièce d'huile. Le voleur qui lui a pris son argent s'est donc taché les mains en comptant l'argent qu'il avait volé. C'est pourquoi j'ai attendu que quelqu'un lance une chose couverte d'huile…

Tout le monde avait vu l'homme à la cape blanche jeter un criquet mort dans le panier.

– Pouvons-nous procéder à l'inspection du présumé coupable ? demanda le juge Mi-Lo. D'après tes conclusions, l'argent plein de *tuiles… Bou !…* d'*huile* devrait se trouver sur lui…

Mélilotus sourit et s'inclina devant son père :

– J'en suis certaine, aussi sûre que j'appelle mon père Ba-Ba-Lo.
En s'entendant appeler ainsi, le juge Mi-Lo fronça un instant les sourcils. Mais comme la foule criait pour connaître la vérité, il ordonna à ses sentinelles de procéder à une fouille serrée.
Le temps qu'un loup hurle la moitié d'un *Dui*, le capitaine des sentinelles tira de la veste de l'homme au masque noir une bourse remplie de pièces. Il la déversa aux pieds de Di-d'or qui les compta une par une.
– Résultat de fouille serrée : pièces en nombre abondant ! Toutes couvertes d'huile ! Mille révérences à la fille de Notre Excellence, ajouta le capitaine en penchant son buste couvert de décorations.
Un tonnerre d'applaudissements éclata dans la foule qui scanda :
– Vive Mélilotus ! Digne fille du juge le plus admiré de l'Empire…
Il y avait longtemps que Mélilotus n'avait pas entendu de paroles si agréables et deux petites larmes coulèrent sur chacune de ses joues.
Yatagan regardait son amie avec fierté et voulut aller la féliciter. Il poussa du coude Mongkâ qui le retenait par son pantalon. Yatagan se dégagea d'un coup sec et la championne de Bouclance s'écroula dans un étalage qui vendait des pattes de poulet.
Jade-Li, remise de son évanouissement, embrassa sa fille sur le front. Di-d'or en fit autant, mais sur les joues et ceci deux fois plus fort, sous l'œil jaloux de Yatagan.
– Foi de fondant, dit-il à Mélilotus, tu as été *Liao-bu-qi*, la meilleure !
– Je suis la dernière des *Chun-chong-zi* à l'école et au tournoi de Bouclance, lui chuchota-t-elle, alors je n'avais pas le choix, si je voulais échapper à la punition de mes parents.

– Comment as-tu imaginé ce plan aussi vite ? lui demanda-t-il.
Mélilotus s'assura que sa frange cachait bien sa tache violette et s'apprêta à lui répondre, quand elle fut soudain soulevée dans les airs.
– Ma jugette à la sauce aigre-douce, lui dit le juge Mi-Lo en la faisant tournoyer dans ses bras, tu es bien la digne fille de ton père…
"Ou de sa mère", se dit Jade-Li pour elle-même. Elle se demandait si Mélilotus avait utilisé ses pouvoirs de Simple-Triple pour démasquer l'homme à la cape noire et ne comprenait pas pourquoi sa formule avec le moulin-à-poivre n'avait pas fonctionné. Elle se souvenait aussi qu'elle avait échoué à lever le sort qui avait paralysé son mari à l'heure du Cheval… Cela l'inquiétait, elle était peut-être malade ou bien…
Pendant que Jade-Li s'interrogeait sur sa soudaine faiblesse, le juge Mi-Lo rendit son verdict au milieu de la place du Marché-Rouge :
– Je condamne l'homme au masque noir à rendre le triple de ce qu'il a volé, comme l'exige notre loi, déclara-t-il en faisant claquer au vent son manteau de quatre pieds. Il sera placé sous la surveillance de mes gardes tant qu'il n'aura pas acquitté sa dette.

Le juge se tourna alors vers sa fille.
– Allons tous fêter ta victoire à la maison, ajouta-t-il à voix basse, un *Jiu dun shi ba huo* s'impose en pareille occasion, non ?
– Poil de tortue et corne de lapin, je ne dis pas mieux pour un festin, sourit Mélilotus.
Di-d'or, Yatagan, Jade-Li et le juge Mi-Lo se préparaient à partir, mais Mélilotus se sentait attirée par une force mystérieuse qui l'empêchait de suivre les autres. Était-ce la pleine lune qui jetait ses lueurs livides et glacées au-dessus du marché ?
Les allées étaient maintenant désertes, un vent froid soufflait sur la place. Il ne restait que les cinq sentinelles. Leurs casques d'acier luisaient dans la nuit. Emprisonné dans son filet, le voleur regardait avec inquiétude un faucon blanc

planer dans le ciel. Mélilotus leva la tête dans la même direction et entendit le rapace émettre un cri aigu, déchirant comme os-qui-se-craque-et-banquises-qui-se-disloquent.

Elle eut soudain mal à la tête, comme si une puissance invisible voulait lui arracher sa tache violette.
Le faucon poussa un dernier cri perçant et disparut dans les ténèbres.
Mélilotus porta sa main à son front et jeta un dernier regard à l'homme au masque noir.

了不起

La meilleure

五

Chapitre cinq

OÙ L'ON VOIT MÉLILOTUS GAGNER UN PORTE-BONHEUR ET JADE-LI ANNONCER QU'ELLE EN CACHE UN.

Tout était de nouveau calme dans la ville des Cinq-Saisons et personne n'aurait imaginé en douter. Car le danger qui menaçait l'Empire le plus vaste du monde se trouvait si haut dans le ciel qu'il aurait fallu posséder cinq yeux pour le voir.

Dans les bâtiments sud du Yamen, Toujours-Là s'affairait aux cuisines pour préparer le *Jiu dun shi ba huo* si attendu. Elle plongea une cuiller dans sa marmite fumante :

– Avec ma nouvelle recette, ces queues d'hippocampe caramélisées au miel de ciboule vont être un régal ! Le juge Mi-Lo en sera si content qu'il m'accordera peut-être une demi-lune de vacances pour aller voir mon fiancé…

Toujours-Là tira alors de la trentième poche de son tablier une poignée de pépins de melon rouge. Elle s'apprêtait à les jeter dans la marmite quand Mélilotus et sa tortue de compagnie, Bambou-Da, firent irruption dans la cuisine. Toujours-Là sursauta si fort que tous les pépins de melon tombèrent par terre. Bambou-Da se précipita pour les manger, mais Mélilotus barra le passage à sa tortue qui partit discrètement en direction d'un plateau bien garni.

– C'est du prodige ! s'écria Mélilotus en ramassant seize pépins de melon, pas un de plus, pas un de moins. C'est exactement ce dont j'avais besoin !

– Et moi, dit Toujours-Là, il m'en faut quatre-vingt-quatre pour ma recette. Allez, mademoiselle Méli-Mélo, rends-les-moi !

Mélilotus recula et fit tomber un superbe plat de queues de cochon marinées aux algues rouges.

– J'en ai besoin, de ces seize pépins, dit Mélilotus. C'est très urgent…
Quand Toujours-Là vit ses queues de cochon sens dessus dessous et Bambou-Da en train de dévorer son gâteau aux pousses de gingembre confit, elle tira de la dixième poche de son tablier un rouleau-à-aplatir-les-galettes :
– Et moi, j'ai un besoin urgent d'être seule dans ma cuisine ! se fâcha-t-elle. Si toi et ta tortue vous ne sortez pas de ce pas, c'est mon rouleau qui vous y obligera !
Mélilotus remit en place les queues de cochon sur leur lit d'algues rouges tandis que Bambou-Da poussait avec ses petites pattes arrière les miettes de gâteau dans le plateau.
– Je te laisse tranquille pendant sept passés et sept avenirs, dit Mélilotus, si tu me prêtes un couteau assez fin et tranchant pour fendre un pépin de melon en deux.
– Si c'est pour une bouche-de-bec tordue, c'est *Bou* ! répliqua Toujours-Là.
– Ce n'est pas mon idée, c'est une bouche-de-bec de ma mère, se défendit Mélilotus. Il lui faut ce couteau tout de suite.
Toujours-Là tira de la quatorzième poche de son tablier un sabre miniature dont la lame était cachée dans la poignée. Elle actionna un bouton et une lame aussi grande qu'une dent de crocodile se dressa aussitôt.
– C'est un coupe-coupe-caché-de-poche, une invention du juge Mi-Lo… expliqua Toujours-Là.
– Il ne peut pas dire *canif* comme tout le monde ! soupira Mélilotus.
– Ton père aime donner à ses inventions des noms compliqués. C'est malgré lui, mais ça n'enlève rien à son génie ! ajouta une voix douce.

Mélilotus et Toujours-Là se retournèrent et virent Jade-Li plus pâle que jamais. Elle s'avança vers la table d'un pas lent et tira de sa manche droite le criquet mort qu'avait jeté l'homme à la cape blanche.

– Toujours-Là, vous êtes une femme prête à tout entendre et tout entreprendre, dit Jade-Li. Sous vos yeux, je vais ramener à la vie ce criquet mort.

Toujours-Là tira de la dix-neuvième poche de son tablier un torchon propre et cacha sa bouche avec. Elle avait trop envie de rire. Comment son Honorable maîtresse osait-elle jouer à faire des tours de magie à son âge ! Avec sa nouvelle coiffure qui la rajeunissait de deux fois cinq ans, l'épouse du juge avait vraiment l'air de se conduire comme une enfant.

– Tu as les pépins de melon ? demanda Jade-Li à sa fille.

Mélilotus tendit les seize pépins à sa mère qui les disposa tout autour du criquet mort.

– Le coupe-coupe-caché-de-poche maintenant, ordonna Jade-Li aussi sérieuse qu'un chirurgien opérant l'aile cassée d'un moucheron.

Un déclic se fit entendre dans la cuisine. La lame du canif brillait dans la main de Jade-Li.
– Maintenant, ajouta-t-elle, j'ai besoin du plus grand silence. Je vais devoir viser chaque pépin avec la lame et les trancher en deux. Si j'en manque un seul, ou pire, si je vise mal et que la lame du coupe-coupe touche le criquet, jamais ce pauvre insecte ne rouvrira les yeux.
Pendant qu'elle parlait, Toujours-Là regardait à l'ouest et à l'est, de plus en plus convaincue que sa maîtresse avait perdu la tête. À sa droite, Mélilotus retenait son souffle et toutes les paroles de sa mère. Une formule capable de rendre la vie aux morts, il fallait qu'elle l'apprenne par cœur !
Une fois puis trois autres, la lame du coupe-coupe trancha les pépins de melon parfaitement en deux. Malgré sa main droite, si habile, Jade-Li semblait à bout de forces. Mélilotus lui prit la main gauche et la serra contre sa joue pour lui donner le courage de sept tigresses cernées par le feu.
Jade-Li lança le coupe-coupe dix autres fois avec succès. Au seizième coup, elle faillit effleurer le corps du criquet, sans pour autant manquer le dernier pépin de melon. Jade-Li avait réussi. Il ne lui restait plus qu'à tourner son moulin-à-poivre et à prononcer la formule : *"Shi ji mo ji."*

C'était aussi facile que de renverser un bol et d'en faire une montagne pour une fourmi. Pourtant Jade-Li avait beau articuler et tourner la manivelle de son moulin-à-poivre dans tous les sens, rien ne se passait.
Toujours-Là était repartie s'occuper de la cuisson de ses queues d'hippocampe caramélisées au miel de ciboule et Mélilotus ne cessait de se gratter le front. Sa tache violette la démangeait. Son troisième œil ne demandait qu'à s'ouvrir.
Sa mère avait-elle perdu tous ses pouvoirs ? Et pourquoi ?

Jade-Li se mit alors à siffler entre ses deux dents du bas bien serrées puis entre ses deux du haut un peu écartées. Mélilotus sursauta comme une araignée chassée par un feu de cheminée. Jamais il n'était arrivé à sa mère de faire cela en même temps.

Jade-Li s'effondra sur un tabouret et dit à sa fille :

– Remplace-moi et essaie de faire revivre le criquet mort. Je te confie le moulin-à-poivre.

Mélilotus accepta d'un signe de tête. Cette fois, Toujours-Là ne put s'empêcher d'éclater de rire et partit de la cuisine pour annoncer au juge Mi-Lo que le *Jiu dun shi ba huo* était prêt.

Maintenant seule avec sa mère, la fille du juge le plus admiré de l'Empire et de la femme la plus fatiguée des bâtiments sud du Yamen tourna la manivelle vers l'est en prononçant la formule d'une voix claire.

Le petit criquet mort ne bougea pas d'un cil et Mélilotus se mit à douter de ses pouvoirs. Jade-Li lui fit un signe de tête et l'encouragea à recommencer dans l'autre sens. Mélilotus sentit sa tache violette s'échauffer et tourna la manivelle vers l'ouest. Mère et fille retenaient leur souffle comme si elles étaient plongées au fond d'un océan.

Soudain, les pattes du petit criquet se mirent à trembler et se déployèrent presque aussitôt. Un œil, puis l'autre, s'ouvrirent. D'un bond, l'insecte sauta au bas de la table sous le regard fasciné de Mélilotus. Tout à coup, des "Mong-Min-Min-Mong" se firent entendre derrière la cloison. Ce bruit étrange faisait penser à un chat ou un petit panda qui ronronnait. Dressée sur ses quatre pattes, la carapace bien brillante, Bambou-Da s'apprêtait à se jeter sur le petit criquet pour le manger.

– Poil de tortue et corne de lapin ! s'écria Mélilotus en saisissant le criquet dans sa main. Il vient juste de revivre, tu ne vas pas le tuer !
Bambou-Da rentra aussitôt la tête dans sa carapace et poursuivit sa route vers son bol de feuilles de bambou. Jade-Li sortit alors de sa manche droite une petite cage en bois de santal et la tendit à sa fille.
– Mets le criquet dedans, lui dit-elle, il sera hors de danger et te portera chance.
– Un criquet en cage porte bonheur ? demanda Mélilotus.
Malgré sa nouvelle coupe de cheveux courts qui la rajeunissait de deux fois cinq ans, Jade-Li semblait épuisée, incapable de prononcer la moitié d'un oui.
– Ma-Ma-Li, veux-tu que je te soigne et que je te jette le sort de l'épingle-à-chignon-qui-change-un-sentiment-en-son-contraire ? s'empressa de demander Mélilotus.
– Tu as maintenant quelques pouvoirs, ma fille, et moi plus un seul, répliqua Jade-Li. L'épingle surmontée d'un phénix ne servira à rien pour me guérir. J'attends un *Xiao-wa-wa*…

Mélilotus rangea l'épingle au phénix dans sa poche et scruta les deux grains de beauté sur le front sa mère.

– Mais tes deux yeux sont toujours là ! dit Mélilotus prise d'inquiétude. Qu'est-ce que c'est, un *Xiao-wa-wa* ?

Jade-Li passa ses mains le long de sa robe et dénoua un peu sa ceinture.

– Ma petite prune de confiture, dit Jade-Li à sa fille, calme-toi. Un *Xiao-wa-wa*, c'est juste un petit bébé…

– Je vais être *Jie-jie* alors ? s'écria Mélilotus en serrant la cage du criquet contre elle.

– Oui, tu vas être grande sœur, approuva Jade-Li. Mais tu vas aussi devoir me remplacer… Pendant neuf lunes…

小娃娃

Bébé

六

Chapitre six

OÙ L'ON CONVIENT QU'IL VAUT MIEUX PARFOIS RESTER CHEZ SOI QUE DE PARTIR EN VACANCES... SURTOUT VERS LE TERRITOIRE DU GRAND KHAN DE MONGOLIE.

Dans son cabinet des Mille-Sauts-du-Tigre, le juge Mi-Lo relisait sa lettre de félicitations. L'Empereur en personne le remerciait d'avoir capturé Nogodar, l'un des plus dangereux criminels qui puisse exister sous le ciel.

> Votre génie de détective a permis de démasquer un voleur et un assassin en une seule personne. Comme Nogodar était mon fils adoptif, je ne l'ai pas condamné à mort selon le supplice des cent morceaux*. Il a été conduit dans le désert de Gobi et à ce jour, il ne fait aucun doute que les vautours et les hyènes ont déjà dévoré ses quatre membres et ses sept viscères. Comme il se doit, je vous nomme à l'échelon du Sabre du Grand Mandarinat et vous aurez le droit en tant qu'Excellence-au-renom-éclatant de porter un manteau de quatre pieds sans oublier le chapeau orné d'une plume d'argent. Il me tarde donc que vous veniez à Pékin sans tarder. Je vous invite dans ma Cité interdite car une grande rivière ne repousse pas les brillants ruisseaux...

Le juge Mi-Lo sautillait comme une sauterelle engluée dans un pot de miel. Un voyage à Pékin ! Comme Jade-Li serait heureuse de visiter la Cité interdite et de voir les trésors de l'Impératrice ! Sa femme était aussi pâle qu'un glaçon au fond d'un chaudron en ce moment, pensa le juge. Un séjour dans le magnifique palais de l'Empereur lui rendrait sans doute ses couleurs... Il appela Ping-Avant

---

** Le supplice des cent morceaux est réservé aux grands criminels. Il consiste à découper le condamné membre par membre et la tête en dernier.*

et Pong-Arrière, ses deux porteurs, pour qu'ils préparent les bagages. Les deux jumeaux accoururent aussitôt pour écouter les ordres de leur Excellence-au-renom-éclatant. Le juge Mi-Lo était alors loin de se douter que, dans neuf lunes, Jade-Li allait faire de lui un nouveau Ba-Ba-Lo et que Nogodar n'était pas mort dans le désert de Gobi, mais bien vivant, à quelques pas des armées du Grand Khan de Mongolie.
Personne, dans l'Empire, ne pouvait se douter que le danger qui menaçait tout un chacun se trouvait si haut dans le ciel et si bas sur terre.

La nuit régnait sur l'immense désert de Gobi. Seul un faucon blanc planait comme une griffe sur un tableau noir. Soudain, le rapace piqua du bec et plongea à tire-d'aile sur une proie : un homme qui gisait sur le sable, respirait à peine et allait rendre son septième souffle. Le faucon blanc planta ses serres dans le cou de sa victime et s'apprêtait à lui gober les deux yeux avec son bec. Au moment où le faucon abaissa la tête pour perforer l'orbite, quelque chose l'arrêta. Une tache au milieu du front de l'homme, une sorte de grain de beauté en forme de roue. Les serres tranchantes du rapace se firent alors aussi douces qu'un coussinet de chat, un long cri perçant sortit de sa gorge. Tel un éclair qui peut hurler, ce cri réveilla varans et serpents, lézards géants et araignées noires aux pattes rouges. Tous les animaux du désert se tenaient en alerte, tapis sous le sable. Au cri du faucon répondit bientôt un roulement de tonnerre assourdissant, mais ce n'était pas à cause d'un orage qui allait éclater. Telle une trombe de tambours battus au même rythme, des centaines de faucons roux envahirent le ciel. Leurs ailes rougeoyantes s'agitaient à toute allure et la nuit parut un instant s'enflammer, comme si tous les faucons lançaient des flaques de feu et de sang.
Tous les faucons roux se posèrent sur le sable en rangée régulière devant le faucon blanc. Ce dernier semblait être le chef de cette armée de rapaces et, d'un coup d'aile, il donna ses ordres. L'armée se regroupa autour de l'homme et chaque oiseau prit entre ses serres un bout de ses vêtements. Le faucon blanc s'envola le premier et indiqua la direction. Tous les faucons roux se mirent à battre des ailes et soulevèrent l'homme de terre. Le corps de Nogodar s'éleva ainsi dans le ciel et bientôt disparut derrière les rayons de la pleine lune.

Coiffé d'un chapeau de zibeline à larges bords et chaussé de hautes bottes en peau de biche, Kubilaï, le Grand Khan de Mongolie, marchait autour de sa yourte. À sa taille, un ceinturon en or orné d'une tête de renard battait contre la poignée de son sabre. Kubilaï était inquiet : Senkakudji, son fidèle faucon blanc, tardait à revenir. Au moment où il s'apprêtait à enfourcher son cheval noir pour partir à sa recherche, Senkakudji fendit le ciel et se posa sur l'épaule de son maître. Malgré la noirceur qui couvrait le visage de Kubilaï comme s'il s'était brûlé dans les neuf fours de l'enfer, le sourire du Grand Khan illumina l'obscurité. Ses dents sculptées dans la glace embrassèrent doucement le plumage taillé dans la neige de Senkakudji.

L'armée des faucons roux se posa alors aux pieds de Kubilaï qui découvrit l'étrange proie qu'elle avait capturée.

Un nouvel éclair blanc fendit le visage de Kubilaï :

– Heureux de te voir dans mon royaume, Nogodar… sourit-il.

Nogodar, à bout de forces, murmura :

– Merci, Grand Khan, de m'avoir sauvé…

Puis il s'évanouit. Kubilaï se tourna alors vers son armée de faucons :

– C'est à mon tour de vous remercier, dit-il en prenant un arc.

En moins de temps qu'il n'en faut pour fermer la bouche, Kubilaï lança une flèche qui atteignit un cerf en plein cœur. Tous les rapaces se précipitèrent sur l'animal ensanglanté et attendirent le signal de Senkakudji pour commencer à le dévorer. Perché sur l'épaule de son maître, le faucon blanc fixait les étoiles au loin ; elles semblaient lui suffire pour calmer sa faim.

Le lendemain matin, Kubilaï se rendit dans la yourte où Nogodar dormait. Le dangereux criminel était allongé sur une peau de tigre. Un vieil homme aux cheveux blancs et à la barbe blanche était en train d'essayer de lui faire boire une potion.
– Ogodeï, mon devin, dit Kubilaï au vieil homme, quand va-t-il se réveiller ?
– Quand le loup bleu le voudra, Votre Altesse, répondit Ogodeï le front baissé en signe de respect.
– Le loup bleu, c'est ainsi que l'on me surnomme, répliqua Kubilaï en frappant son torse de sa main puissante. Nogodar se réveillera donc quand je le désirerai ?
Ogodeï se redressa sur ses maigres jambes et sortit du sac en peau de serpent dont il ne se séparait jamais, une patte de loutre :
– Prenez ceci. Il vous suffira de la passer trois fois sur les yeux de Nogodar et de prononcer : "*Anda ! Anda !* Le monde s'ouvre à toi."
Kubilaï prit la patte de loutre et exécuta les consignes de son devin.

Nogodar ouvrit lentement les yeux et porta aussitôt la main à son front.
– Rassure-toi, mon ami, lui dit Kubilaï, ton troisième œil toujours là. Et bientôt je te ressemblerai… As-tu obtenu la formule ?
Avec la souplesse d'une panthère des neiges, Nogodar se redressa et étira ses jambes musclées. Les traits de son visage étaient sans rides, sa peau aussi lisse que du métal et son grain de beauté en forme de roue trônait au milieu de son front.
– J'étais sur le point de réussir, mon maître, dit enfin Nogodar. J'avais obtenu tous les ingrédients de cette liste.
Il tendit à Kubilaï un morceau de papier au bord déchiré où l'on pouvait lire :

Première partie de la formule pour faire apparaître une perle issue d'un œuf de Tortue à neuf queues :
1. Libérer un canard empaillé à trois pattes du ventre de Bouddha
2. Toucher une émeraude remplie de rubis.
3. Réduire en poudre l'ongle entier d'un annulaire droit de général et l'avaler (avec un verre d'eau – détail facultatif).*

Kubilaï serra la formule dans son poing et de l'autre frappa le torse de Nogodar.
– Où est la deuxième partie avec les mots qu'il faut prononcer ? cria Kubilaï.
Nogodar se prosterna, la tête baissée.
– Espèce de cloporte bouilli ! Viande de yack pourrie ! Voilà ce que tu mérites !
Dans sa rage, Kubilaï sortit son sabre et le pointa sur la tête de Nogodar.
– Un instant, maître ! s'écria le devin.
Surpris, Kubilaï se tourna vers Ogodeï.
– Je sais où est l'autre moitié de la formule, déclara Ogodeï. Cette nuit, j'ai consulté l'oracle des sept éléphants. Il m'a révélé que c'est votre pire ennemi qui la possède.
Kubilaï abaissa son sabre et tourna dans la yourte comme un cheval sauvage.

* *Voir* Mélilotus et le mystère de Goutte-Sèche, *2003.*

– Mais je l'ai tué juste après sa naissance, il y a plus de deux fois huit ans ! rugit Kubilaï.

– Cet enfant était destiné à vous tuer, c'est pour cela que je vous avais conseillé de le sacrifier afin que la malédiction ne se produise pas. Vos faucons l'ont laissé pour mort dans la Forêt-des-Cerfs, mais une louve a recueilli le bébé blessé. Elle l'a soigné et élevé comme son petit. Cet enfant est maintenant un jeune homme, il porte une tache violette sur le front et vit quelque part en Chine. Il vous tuera pendant l'année du Cheval comme le veut la malédiction, poursuivit Ogodeï.

Kubilaï sortit de la yourte son sabre à la main et poussa un cri d'une telle force que les nuages furent chassés du ciel. Toute l'armée du Grand Khan se précipita devant lui en rangs serrés. Senkakudji vola aussi à tire-d'aile vers son maître et se posa sur son épaule.

– Écoutez-moi, fidèles soldats ! Mon pire ennemi est vivant. Il doit me tuer cette année et il se trouve dans le royaume de Chine. To'oril, mon fidèle guerrier, je te choisis pour une mission.

Un homme, vêtu d'une peau de taureau noir et qui portait autour du cou un collier en dents de panthère, s'avança vers le Grand Khan.
– Je sacrifierai ma vie pour mon maître.
– Va porter ce message à l'Empereur de Chine, ordonna Kubilaï. Si dans une lune, il ne me livre pas le jeune homme à la tache violette, j'envahis l'Empire et je massacre tout ce qui a deux jambes et deux bras !

Il tendit à To'oril un rouleau orné de deux plumes de faisan et ajouta quelque chose à voix basse que personne ne put entendre, si ce n'est le faucon blanc.

Faucon

Chapitre sept

OÙ L'ON APPREND QUE LE BONHEUR PEUT PORTER MALHEUR ET QUE LE MALHEUR PEUT PORTER BONHEUR...

Dans la ville des Cinq-Saisons, le juge Mi-Lo s'apprêtait à partir en vacances chez l'Empereur pendant un petit croissant de lune. Il ne soupçonnait toujours pas que sa femme allait mettre au monde un *Xiao-wa-wa* dans neuf autres longues lunes.

Dans la cuisine, Jade-Li avait aligné sur une table basse toutes les fioles qu'elle possédait. Mélilotus, assise en tailleur, écoutait sa mère avec attention :

– La fiole jaune sert à calmer la toux et à rendre gentil. Elle contient une mesure d'antennes d'escargot et deux mesures de cils d'hippopotame… Trois gouttes au milieu de la langue suffisent. Note bien cela dans ton cahier, ma petite prune confite !

Mélilotus traça quelques traits sur sa page et pointa son pinceau vers une fiole verte où trempait la langue fourchue et rouge d'un cobra :

– Celle-ci rend muet et il faut en poser sept gouttes sur le menton, n'est-ce pas Ma-Ma-Li ?

– C'est exact, approuva Jade-Li, mais si tu en déposes quatre gouttes à chaque coin du mouchoir-buveur-de-chagrin et que tu mets le mouchoir sur quelque chose, ton petit criquet par exemple, eh bien voilà ce qui se passe…

Jade-Li posa le mouchoir sur la cage où dormait le petit criquet. En moins de temps qu'il n'en faut pour compter trois grains de riz, la cage devint invisible. Il n'y avait plus rien sous le mouchoir.

– Et pour le faire réapparaître ? demanda Mélilotus en grattant le bout de son nez.
– Il te suffit de pointer ton doigt dans les cinq directions : nord-sud-est-ouest et enfin vers le centre, respecte bien l'ordre, lui conseilla Jade-Li.
Impatiente de revoir son criquet, Mélilotus pointa son doigt dans les cinq directions.
– Quel groin-de-grenouille, ça ne marche pas ! s'écria Mélilotus.
Jade-Li sourit et pointa son doigt dans les cinq directions. La cage réapparut et le criquet aussi.
– Pourquoi as-tu réussi et pas moi ? s'inquiéta Mélilotus en s'agenouillant près de son petit criquet qui sautait de joie.

– C'était mon dernier sort ; maintenant, c'est à toi de me remplacer, dit Jade-Li. Tu peux réussir certaines formules, ma Phénichette, mais pour d'autres sorts plus difficiles, tu dois porter mon anneau en jade ; mais cet anneau ne te transmettra tous mes pouvoirs que si tu le trempes dans une fiole bleue, celle qui contient treize mesures de salive de deux femmes empoisonnées provisoirement et sept cils de trois hommes aveuglés provisoirement aussi.
Mélilotus se redressa sur ses pieds et chercha la fiole bleue sur la table.
– Tu ne l'aurais pas oubliée dans ta manche droite, Ma-Ma-Li ?
– Calme-toi, pucette au cœur de tambour, elle doit être dans ma manche gauche.
Jade-Li secoua sa robe tant et si bien qu'elle avait l'air d'une poupée qui apprend à voler. Elle s'essouffla en vain, pas la moindre fiole. Un léger son de tambour sortit de sa gorge, signe qu'elle lançait ses souvenirs ou ses pensées au galop.
– Compote de noix de coco ! s'écria-t-elle. Je l'ai vidée hier soir dans mon bain en pensant qu'elle me redonnerait des forces… Je suis désolée, ma petite prune de confiture, il va falloir en fabriquer une nouvelle !
– Je suis prête à te regarder faire, déclara Mélilotus.
– C'est impossible à cause du *Xiao-wa-wa* que j'attends, expliqua Jade-Li. Jusqu'à sa naissance, je perds tous mes pouvoirs. Si tu veux que le bonheur continue de porter malheur et que le malheur ne cesse de porter bonheur, c'est à toi d'aller chercher les ingrédients de la fiole bleue.

Jade-Li, à bout de forces, se retira dans sa chambre et laissa sa fille seule dans la cuisine. Bambou-Da faisait la sieste et ronronnait comme un panda. Mélilotus se sentait aussi désarmée qu'un moucheron devant une armée de bourdons. Sa tortue dormait, elle n'avait personne à qui se confier. Dans sa cage, le petit criquet sautillait comme s'il voulait lui parler.

– Œuf de cheval et nombril de poule ! s'écria Mélilotus en s'approchant de lui. Il paraît que tu portes bonheur ! Crois-tu que tu pourrais m'en apporter deux à la fois ? Treize mesures de salive de deux femmes empoisonnées provisoirement et sept cils de trois hommes aveuglés provisoirement aussi… Je ne vois vraiment pas comment me procurer ça !

Mélilotus ne savait comment s'y prendre pour obtenir les ingrédients de la formule et se traitait toute seule de vieux sac de salive, quand une main gantée de vert se posa sur son épaule. Elle se retourna et reconnut le voleur qu'elle avait démasqué dans l'affaire du Marché-Rouge ! L'homme au masque noir… Mélilotus ouvrit la bouche pour crier. Elle avait si peur qu'aucun son ne sortit. Elle essaya d'attraper l'épingle-à-chignon-qui-change-un-sentiment-en-son-contraire. D'une main ferme, l'homme masqué l'en empêcha.

– Je ne te veux aucun mal. Je suis venu accomplir ma mission, c'est tout ! dit l'homme comme s'il déguisait sa voix.

Mélilotus scrutait le masque de l'homme, il portait toujours sa cape blanche et tenait sa main droite derrière le dos. Il était venu se venger, il cachait une arme et allait la tuer ! Mélilotus sentit ses sept souffles la quitter et regarda une dernière fois le petit criquet quand l'homme se rapprocha d'elle.

– Je ne suis pas un vrai voleur.

Je voulais juste m'assurer tout à l'heure que tu étais capable de résoudre une enquête et que tu étais bien Mélilotus, lui dit-il.

– Il aurait été plus simple de me demander mon nom au lieu de voler ce pauvre marchand d'huile, répliqua Mélilotus.

L'homme fit soudain claquer sa cape blanche tout en continuant de cacher sa main droite.

– J'ai dit que je voulais m'assurer que tu étais capable d'être Mélilotus, d'être à la hauteur de ce que l'on m'a dit sur toi, ajouta l'homme d'une voix sévère. Tu es intelligente, mais tu es la dernière au tournoi de Bouclance…

– Comment le savez-vous ? Comment vous êtes-vous évadé des prisons de mon père ? demanda Mélilotus aussi rouge qu'un crabe trop cuit.

L'homme brandit alors sa main droite qui portait un gant de cuir vert. Le cœur de Mélilotus tomba net sur ses sandales d'automne, comme si une dague l'avait transpercée.

Ce n'était pas une arme que l'homme pointait devant elle, c'était une lettre.

– Un bon ami m'a demandé de te remettre cette lettre à la seule condition de m'assurer avant que tu es bien capable d'être la Mélilotus qu'il a toujours connue, expliqua l'homme. Je m'incline et te remets ce message. Ma mission s'achève là !

– Comment vous appelez-vous ? demanda Mélilotus.

– Cavalier-sans-Visage, murmura l'homme masqué.

Il partit aussitôt par la fenêtre et sa cape blanche siffla sous les yeux de Mélilotus comme un grand rideau qui prend la fuite.

Mélilotus n'en croyait pas ses trois yeux. Non seulement Cavalier-sans-Visage ne l'avait pas tuée, mais il lui avait remis une lettre (qui allait changer le destin de l'Empire).

Elle se tourna vers son criquet :
– Tu m'as vraiment porté deux fois bonheur ! s'écria-t-elle.
Comme s'il la comprenait, l'insecte agita ses pattes et sauta deux fois dans sa petite cage.
– Je t'appelle "Fou-Fou", ça signifie "deux bonheurs", lui dit-elle. J'espère que ce que je vais lire dans cette lettre m'en apportera un de plus.
Mélilotus déroula la feuille et s'assit aussitôt. Dès les premiers mots, elle reconnut l'écriture de son lointain chasseur.

Chère Mélilotus
J'imagine à quel point ton cœur deviendra blanc quand tu devineras que c'est moi qui t'écris. Si tu lis ces mots, cela veut dire que tu as remporté les trois défis que j'ai mis en place pour t'éprouver. Tu as affronté les pires moqueries au marché de nuit, tu as démasqué le voleur et surtout tu continues d'être la petite perruche impatiente que j'ai toujours aimée malgré ton nouveau statut de Simple-Triple. "Ce que le destin unit, nul ne saurait le séparer", dit le proverbe de ton manuel. À la page 66, si je me souviens bien. Je t'ai fait un étrange cadeau quand j'ai glissé cette perle violette dans tes sandales d'été ! Je t'ai écrit plus tard que je te raconterai comment j'ai trouvé cette perle. Je vais te dire maintenant pourquoi j'ai renoncé à entrer dans le clan des Éveillés, ceux qui ne sont pas des Sommeilleux comme moi maintenant. Le Grand Khan rêve depuis toujours d'envahir la Chine et connaît parfaitement le monde magique des Éveillés. Il s'est entouré des plus dangereux Simple-Triple pour se fabriquer un cinquième œil, le fameux Œil-du-Ciel. Il est capable d'arracher à pleines dents les crochets à venin de dix serpents pour parvenir à ses fins. Or, il y a longtemps, son devin lui a prédit qu'un jeune homme de deux fois huit ans qui porterait une tache violette au milieu du front le tuerait lors d'un combat. À cette époque, le jeune homme n'était pas encore né ;

mais le devin avait précisé que, dans moins d'une lune, sur l'île de Haï Nan, on fêterait la naissance de ce petit garçon. Ce jeune homme et ce bébé n'étaient autre que moi. Toute ma famille a fêté ma naissance, j'étais le premier enfant de mes parents et tous les espions du Grand Khan m'ont maudit. Ses armées de faucons roux se sont abattus sur l'île, assoiffés de chair tendre.
Cette nuit-là, les oiseaux ont tué tous les bébés avec leurs serres dressées comme des couteaux et leurs becs pointus comme les pics de l'Himalaya. Ma mère m'a mis dans un panier et a couru dans la Forêt-des-Cerfs pour me cacher sous un tapis de feuilles mortes. Je ne sais pas combien de nuits je suis resté sans boire ni manger dans la forêt. Mon dernier souvenir fut celui de deux ailes blanches qui s'envolaient dans le ciel. L'armée des faucons roux avait accompli son horrible massacre. Le Grand Khan était alors persuadé que le bébé à la perle violette ne grandirait jamais et donc ne le tuerait pas pendant l'année du Cheval.
C'est une louve blanche qui m'a trouvé à moitié mort. Elle a caché le panier de ma mère dans une grotte et, au lieu de me dévorer, elle m'a élevé comme son petit louveteau. Je l'ai aimée comme une mère. Avec elle, j'ai appris le langage des oiseaux, des bêtes et des plantes.

Un jour, je lui ai demandé pourquoi je ne grandissais pas comme elle, pourquoi je n'avais pas la même fourrure qu'elle. Me voyant triste comme une luciole sans lumière, la louve m'a mené sur son dos jusqu'à la grotte où elle avait caché le panier. J'ai pris le panier et j'ai vu la perle violette dedans avec un papier et un signe écrit à l'encre. La louve a grogné puis hurlé quand elle a vu que je voulais prendre la perle violette. Je n'avais jamais vu rien d'aussi rond, d'aussi parfait, on aurait dit un œil d'oiseau. J'ai approché ma main et la louve m'a mordu pour m'en empêcher. Cette trace que tu connais sur ma main droite, c'est la marque des dents de la louve qui a dû me mordre pour me sauver la vie. Je n'avais jamais vu celle que je prenais pour ma mère se montrer méchante et je me suis enfui avec le panier à la vitesse d'un brin de paille qui brûle. J'ai couru droit devant moi dans la forêt, sans me retourner.

Au bout d'un coucher de soleil et d'un lever de lune, j'ai aperçu de la fumée dans le ciel. J'ai baissé les yeux. La fumée venait d'une maison, puis d'une autre. Des lumières se sont éteintes, du feu s'est allumé derrière une fenêtre. Pour la première fois de ma vie, je voyais un village, mon village ! L'odeur de la nourriture qui cuisait m'a attiré comme une mouche qui tombe dans le miel. Une femme n'a pas tardé à sortir d'une des maisons pour vider un seau d'eau dehors. Cette femme me ressemblait, elle avait des jambes et des bras à la

place des pattes, des cheveux noirs à la place d'une queue de fourrure blanche. Elle souriait et ne mordait pas. J'ai couru vers elle et la femme m'a pris dans ses bras. C'était ma mère. Ce jour-là, j'ai entendu mon nom : Ming-Flèche-des-Deux-Espaces. Je m'appelle ainsi car je suis allé telle une flèche vers la cible qui était ma mort et que je me suis retourné vers l'arc qui était ma vie. La vie et la mort sont deux espaces. Certains comme des flèches ne font qu'aller tout droit, d'autres se retournent et survivent. Ils reviennent à la vie.

Ma mère a caché soigneusement la perle dans une boîte et m'a tout raconté. "Ne touche jamais à cette perle, m'a-t-elle dit, ne fais jamais partie du clan des Quatre-Yeux ou de leurs ennemis les Simple-Triple. Un jour, tu sauveras la Chine d'un grand danger et tu posséderas un immense pouvoir, mais ce ne sera pas à cause de cette perle violette. Cet objet ne t'attirera que des malheurs, elle a déjà failli te coûter la vie. En revanche, si tu l'offres à une femme qui peut en faire bon usage, cette femme deviendra tienne pour toujours et ensemble vous maintiendrez la paix de l'Empire."

Cette perle est tienne depuis plusieurs lunes maintenant. Le Grand Khan est devenu ton ennemi juré puisque la malédiction du devin reste vraie. Il va tout mettre en œuvre pour retrouver le jeune homme et le tuer avant qu'il ne devienne son meurtrier. Sauf que le jeune homme, c'est maintenant toi et que la prédiction du devin doit se réaliser pour que nous survivions, tous les deux ainsi que la Chine.
Tu es dans mon cœur et je viendrai t'aider si tu es en danger.
Merci pour ton courage.

Ton ami.

Mélilotus replia la lettre de Ming-Flèche-des-Deux-Espaces. Son cœur battait comme un criquet sur un tambour. Un jour, elle épouserait peut-être son ami de toujours, mais dans deux grains de sablier, le Grand Khan pouvait la tuer et faire disparaître la Chine à tout jamais.

珠

Perle

Chapitre huit

OÙ L'ON APPREND QUE JADE-LI ESPÈRE AVOIR UN GARÇON ET LE JUGE MI-LO RETROUVER UN JEUNE HOMME.

Tandis que Mélilotus rangeait la lettre de son fiancé dans son cartable, elle ne se doutait pas qu'Oreille-Bon-Vent entrait au galop dans la cour des Visiteurs. Il était chargé d'un message pour le juge Mi-Lo et cria le nom de Toujours-Là pour le lui remettre.

À mille pieds, au-dessus de lui, deux ailes blanches planaient dans le ciel. C'était le faucon blanc du Grand Khan. Sans se douter qu'il était observé par le grand rapace, Oreille-Bon-Vent chanta sa sérénade :

– Deux antennes de papillon, ses sourcils… Deux bonbons au caramel, ses yeux… Une cerise sucrée, sa bouche… C'est Toujours-Là, la… lo… li… la… la madame je-sais-tout du Yamen et la seule que j'aaaaaaaaaime !

Oreille-Bon-Vent attendait depuis des lunes que Toujours-Là accepte de l'épouser, et Toujours-Là lui avait répondu "*Ma ma Hou hou*" c'est-à-dire "Peut-être", autant de fois qu'il faut à un moulin pour fabriquer trois pains.

Oreille-Bon-Vent descendit de cheval et voulut attraper la main de sa fiancée.

– Un peu de patience, dit Toujours-Là. Mon maître part en vacances à Pékin avec sa femme et sa fille. Nous aurons tout le Yamen pour nous pendant une demi-lune, au moins !

– Un peu de patience, répliqua Oreille-Bon-Vent en tirant de derrière son dos un rouleau avec deux plumes de faisan. Ce message annonce peut-être la promotion de ton maître au rang de ministre à Pékin. Dans ce cas, nous aurons toute la ville pour nous pendant une vie entière !

En voyant les deux plumes de faisan autour du rouleau, Toujours-Là s'empressa de le mettre dans la première poche de son tablier.
– Par les dix mille poils de ma galette au miel ! s'écria-t-elle. Des plumes de faisan, ce doit être un message très urgent ! *Zai jian !*
La madame je-sais-tout du Yamen disparut dans les appartements privés du juge et laissa son messager à ses rêves de mariage et à ses chansons d'amour, que l'on appelle ici "des vingt et un tours".

Dix grains de sablier plus tard, un cataclysme de cris explosa du côté du couloir intermédiaire, entre la basse-cour des volailles et la hutte des porcelets noirs. Là se trouvait en effet le gong-d'urgence-des-affaires-de-famille-qui-tournent-mal et le juge Mi-Lo tapait dessus avec ses deux poings comme s'il s'entraînait à boxer avec un babouin.
Mélilotus sortit la première de sa chambre, son criquet Fou-Fou sur l'épaule et, à ses pieds, sa fidèle tortue qui tenait entre ses dents son cahier de formules magiques. Toujours-Là apparut un peu décoiffée, puis les deux porteurs, Ping-Avant et Pong-Arrière qui se réveillaient de leur sieste. Il ne manquait que Jade-Li, mais le juge Mi-Lo était si énervé qu'il ne remarqua pas l'absence de sa femme.

– Crotte d'éperlan et vomissures de scarabée ! Nous ne partons plus en vacances à Pékin ! se lamenta-t-il. Au lieu de m'inviter dans son palais, l'Empereur m'a confié une mission *impassible* !
– Une mission *impossible*, corrigea Mélilotus. Ne t'inquiète pas, "Impossible n'est pas chinois", dit mon manuel…

– Pour une fois que tu apprends tes leçons ! soupira le juge Mi-Lo. Adieu Pékin, les vacances sont finies avant même d'avoir commencé…
– Moi non plus, je ne peux pas aller à Pékin… ajouta Mélilotus. (Je dois juste récupérer les pouvoirs de Ma-Ma-Li. C'est-à-dire, pensa-t-elle, juste tremper un anneau dans une fiole bleue. Celle qui contient treize mesures de salive de deux femmes empoisonnées provisoirement et sept cils de trois hommes aveuglés provisoirement aussi. Et ça, je n'en ai pas encore la moindre goutte… Et si je peux au passage échapper au Grand Khan et sauver mon pays de l'invasion des Mongols, ce serait une bonne bouche-de-bec !)
À cet instant, Jade-Li sortit de sa chambre poussée par l'envie de grignoter en cachette quelques paniers de litchis dans la cuisine. Elle marchait sur la pointe des pieds quand elle vit tout le monde s'agiter dans le couloir :
– Par tous les poils de ma brosse à cheveux, que se passe-t-il encore ? s'écria-t-elle.
– Ma douce-jadéite, s'empressa de dire le juge, nous ne partons plus à Pékin…
– J'allais justement t'en parler, mon cher époux, je ne peux pas y aller non plus…

– Par les quatre pieds de mon manteau d'Excellence-au-renom-éclatant, tu as aussi reçu un message de l'Empereur ? s'exclama le juge Mi-Lo.
Jade-Li rougit comme une lanterne de la fête des jeunes filles de deux fois dix ans et lança un petit clin d'œil à Mélilotus. Puis elle se tourna vers la maisonnée.
– J'attends un *Xiao-wa-wa* et j'espère que ce sera un garçon ! déclara-t-elle.
Tout le monde lança des *Liao-bou-qi* de félicitations, tandis que Mélilotus et son père gardaient le plus grand sérieux.
– Ma douce Li, tu es en danger et notre futur *Xiao-wa-wa* aussi ! dit-il en tirant sur les poils de sa barbe. Car tu as devant toi un homme mort, cuit et bouilli comme un cafard dans le tripode infernal de Sa Majesté l'Empereur !
Tout le monde lança des *A-ya-ya* de surprise.
– Si je ne retrouve pas d'ici une lune un jeune homme de deux fois huit ans qui demeure je ne sais où dans notre vaste pays, poursuivit le juge, toute la Chine sera envahie par les Mongols et vous savez tous ce que cela veut dire…
Tout le monde lança des *A-yi-yi* de désespoir.

Mélilotus contrôla la position de sa frange sur son front et s'avança vers son père.
– Quel est le signalement du jeune homme de deux fois huit ans ? demanda-t-elle.
– La lettre de l'Empereur ne parle que d'une tache violette sur son front, souffla le juge Mi-Lo.
Mélilotus serra les poings comme une grenouille qui apprend à faire son premier bond. C'était elle, le jeune homme que recherchait le Grand Khan, c'était elle qui devait sauver son pays en se rendant en Mongolie chez leur pire ennemi ! Mais elle ne pouvait rien dire à son père tant qu'elle n'aurait pas récupéré les pouvoirs de sa mère.
– Il ne me reste qu'à partir au plus vite à la recherche de ce jeune tatoué, dit le juge Mi-Lo. Ping-Avant et Pong-Arrière, amenez-moi Double-Baï, mon fidèle cheval !
Les deux porteurs se précipitèrent vers les écuries et sortirent l'étalon blanc qui galopait si vite qu'il en devenait parfois transparent.
– Toujours-Là, ajouta le juge Mi-Lo, apportez-moi mes bottes-de-cuir-qui-ne-connaissent-ni-droite-ni-gauche, un bol d'eau et aussi une cuiller.
Jade-Li s'approcha de son mari.
– Mon Lo-Lo chéri, crois-tu vraiment que tu as le temps de prendre un thé ? s'inquiéta-t-elle en faisant signe à Mélilotus de se tenir prête à sortir l'épingle-à-chignon-qui-change-un-sentiment-en-son-contraire.
– Je ne veux pas un bol et une cuiller pour boire du thé mais pour inventer une boussole ! Un nouvel objet capable de me donner à chaque instant la bonne direction à prendre dans cette affaire ! répliqua le juge Mi-Lo en montant sur son cheval.
Tandis que Toujours-Là sortait de la trente-neuvième poche de son tablier un bol et une cuiller, Jade-Li fit un signe de tête à sa fille. Mélilotus chuchota à Fou-Fou de sauter sur la plume d'argent qui ornait le chapeau de son père. Le petit criquet bondit aussitôt et Mélilotus récita la formule pour protéger son père :
– Que mes yeux célestes s'envolent pour te guider.
Que mes yeux terrestres se rassemblent pour te retrouver.
Puis elle pinça une fois son nez, chacune de ses oreilles et posa son index sur son nez… Mélilotus s'était trompée, il fallait qu'elle pose son doigt sur ses

lèvres pour que la formule soit efficace. Jade-Li ne pouvait rien dire, car son mari devait tout ignorer des pouvoirs de sa femme et de sa fille. Elle se contenta de siffler entre ses dents du bas. Comme par enchantement, une plume blanche se posa sur les lèvres de Mélilotus qui comprit aussitôt son erreur et posa son doigt sur ses lèvres.

Sans se douter de rien, le juge Mi-Lo s'élança au galop et franchit la porte sud du Yamen comme un guerrier. Toujours posé sur le chapeau du cavalier, Fou-Fou s'élança dans les airs et se posa sur l'épaule de Mélilotus. Elle examinait avec attention la plume blanche qui était tombée du ciel et interrogea sa mère du regard.
– J'espère que ce petit miracle n'annonce pas un grand malheur, dit Jade-Li à sa fille. Va vite te procurer les ingrédients pour ton anneau, sinon cette jolie plume blanche ne tardera pas à devenir une terrifiante arme noire.

– Mille tortillons de nouille trop molle, j'avais presque oublié ! s'écria Mélilotus. Il me faut treize mesures de salive de deux femmes empoisonnées provisoirement et sept cils de trois hommes aveuglés provisoirement aussi avant ce soir.
– Allez, pucette au cœur de tambour, fais vite ! ajouta Jade-Li.
– Et n'oublie pas d'aller à l'école, dit Toujours-Là en lui donnant son cartable.
Mélilotus n'avait aucune envie d'aller en classe, mais pour sauver sa famille, sa propre tête et l'Empire de Chine, elle avait besoin d'un ami. Yatagan était sans doute dans la cour de récréation en train de jouer au Bouclance.

– "Trois poings ne valent pas"… récita Mélilotus. Œuf de cheval et nombril de poule, je ne me souviens plus de ma leçon… Je vais encore avoir un "médiocre" en usages et proverbes publics !

Jade-Li et Toujours-Là, qui s'apprêtaient à aller coudre des vêtements pour le *Xiao-wa-wa*, revinrent sur leurs pas et tapèrent toutes les deux leurs mains l'une contre l'autre comme des automates.
Mélilotus crut un instant que les deux femmes se moquaient d'elle puis elle s'écria :
– *Xie xie !* Je m'en souviens maintenant ! "Trois poings ne valent pas quatre mains."
Elle avait compris le message et, à la vitesse d'une araignée chassée par la pluie, elle se mit à courir vers l'avenue des Mille-Défis.

福福

Fou-Fou

张力

九

Chapitre neuf

OÙ L'ON VOIT MÉLILOTUS RECEVOIR UNE PUNITION QUI LUI SERA BIEN UTILE POUR RÉALISER SA POTION.

Mélilotus arriva au moment où le maître d'école agitait son Bolangur. Cet objet ressemblait à un hochet géant composé de trois boules musicales qui ne chantaient pas la même chanson quand il s'abattait sur les mains des élèves désobéissants.

Maître Cent-Savoirs, car tel était son nom que les enfants écrivaient parfois Sans-Savoir sur la porte des toilettes, était un homme de deux fois vingt ans qui ne quittait jamais son bonnet de soie noire même pour dormir. Il avait une telle peur de la foudre que, dès qu'il entendait le tonnerre, ses dents se mettaient à claquer "Ti-Ke-Da, Da-Ke-Ti !" comme une fanfare de poules assoiffées. Ainsi, à chaque fois qu'un orage s'annonçait, fermait-il l'école à la plus grande joie de ses élèves et restait-il blotti dans son lit en serrant son Bolangur contre lui.

Personne ne savait pourquoi Maître Cent-Savoirs craignait autant la foudre, mais le pauvre homme répétait souvent que : "Un homme qui a été mordu une fois par un serpent s'enfuit en courant dès qu'il voit un bout de ruban."

Mélilotus s'assit au troisième rang, derrière Yatagan qui paraissait aussi réveillé qu'une marionnette sans fils.

– Allons, allons, dit Maître Cent-Savoirs en posant son Bolangur devant le tableau. Ce matin, c'est le jour-de-la-lune, le soleil d'automne nous offre chaleur pâle et douce lumière. Nous commencerons donc par la récitation des proverbes à usage démocratico-météorologiques. Qui peut en réciter un dont le premier mot est "escargot" ?

Comme à son habitude, Mongkâ fut la première à lever son auriculaire gauche pour être interrogée.
– Nous t'écoutons, élève Mongkâ ! dit Cent-Savoirs.
La jeune fille de deux fois six ans et demi s'avança vers le tableau :
– "L'escargot préfère la pluie pour vivre, mais celui qui mange l'escargot préfère le dévorer sous le soleil."
– *Liao-bu-qi !* déclara Cent-Savoirs. Écris-le maintenant au tableau.
Sur la dalle blanche comme neige qui servait de tableau, Mongkâ écrivit les premiers idéogrammes avec une pierre noire comme cendre.

Tous les élèves regardaient les traits que Mongkâ dessinait sur le tableau, tous sauf deux. Yatagan s'était endormi et Mélilotus tentait de le réveiller pour lui éviter un coup de Bolangur sur les doigts.
Elle sortit de son cartable un sachet de graines "Réveil-fainéant". Il y en avait des bleues et des violettes. Elle choisit trois graines bleues qui avaient un goût de sucre au poivre et les passa sous le nez de Yatagan en disant :
– Réveil-fainéant... Bulle-océan !
Aussitôt, Yatagan se redressa et renversa au passage ses manuels et ses pinceaux qui roulèrent par terre. Sous les yeux de tous les élèves, les pinceaux se dirigèrent droit vers Mongkâ. Toujours occupée à écrire au tableau, ni elle ni Cent-Savoirs ne s'en aperçurent. Le temps qu'un lézard perde sa queue, les pinceaux se glissèrent sous leurs pieds et ils tombèrent à la renverse. Mongkâ sur les fesses et Cent-Savoirs sur son Bolangur. Toute la classe éclata de rire. Yatagan et Mélilotus se cachèrent derrière leur cartable. Cent-Savoirs, aussi furieux qu'un rat sans ses moustaches, se mit à faire tournoyer son Bolangur pour ordonner le calme.
– Vous êtes deux insupportables sacs de bêtise ambulante ! cria le maître d'école.
Mongkâ s'était relevée et défiait Mélilotus du regard.
– Je suis sûre que c'est sa faute ! dit-elle en pointant un des pinceaux vers son ennemie.
Yatagan s'interposa :
– Foi de fondant ! s'écria-t-il. Arrête de t'acharner sur elle comme un vautour sur un squelette de mulot. Tout est *ma* faute...

Mélilotus passa devant son ami et tout le monde crut qu'elle allait réduire Mongkâ en poudre de riz.

– Maître, punissez-moi ! implora Mélilotus. Et le plus longtemps possible si cela ne vous ennuie pas.

Yatagan n'en croyait pas ses oreilles, il était prêt à se frapper lui-même avec le Bolangur, mais Mélilotus le retint par le bout de sa chemise et lui chuchota :

– Faisons-nous punir tous les deux, je t'en supplie par tous les Quatre-Yeux du monde…

Jamais Yatagan n'avait trouvé son amie aussi groin-de-grenouille, seulement son auriculaire gauche lui disait de l'écouter. Cent-Savoirs agita son Bolangur et l'abaissa sur la tête des deux enfants :

– Je vous condamne tous les deux à ramasser les feuilles mortes de la ville, dit-il. Vous ne pourrez revenir à l'école tant que vous n'en aurez pas rempli le tripode de la Pagode du Matin !

Yatagan se gratta la tête à travers son chapeau de paille un peu troué :

– Mille tortillons de nouille trop molle ! geignit-il. Le tripode de la Pagode du Matin est aussi profond que l'estomac de la baleine Mo-Bi-Bi…

Mélilotus lui fit signe de faire bouche-cousue et sourit :
– Je pense que nous aurons rempli le tripode en moins d'une lune ! déclara-t-elle. Nous allons commencer tout de suite.
Yatagan eut à peine le temps de protester que déjà Mélilotus lui avait pris la main pour sortir de la classe.

Quarante-sept grains de sablier plus tard, Mélilotus et Yatagan étaient assis sur un banc de la place du Marché-Vert. Tout autour d'eux, les feuilles mortes des arbres virevoltaient comme des papillons. Dans le ciel, les nuages d'automne s'étiraient, se transformaient sans cesse, des oiseaux traversaient les nuées à tire-d'aile. Mélilotus avait ses trois yeux rivés dessus. Yatagan, lui, avait sorti une lance-tigre de son cartable et, avec la pointe, visait les feuilles mortes une par une avant de les mettre dans son chapeau.
– Tu pourrais au moins m'aider, dit-il à Mélilotus, ce ne sont pas les oiseaux qui vont remplir le tripode en moins d'une lune à notre place !
– Autant d'oreilles d'ânes sur la tête d'un dindon, mon cher compagnon, répliqua-t-elle. Si j'arrive à me procurer le nécessaire pour rendre ses pouvoirs à l'anneau de ma mère, ce sont les corbeaux de l'Empire qui viendront ramasser les feuilles pour nous !
Yatagan se retourna vers son amie et remarqua qu'elle avait mis un anneau de jade à son annulaire droit.
– Pour l'instant, il ne vaut rien ; mais si je trouve le moyen d'empoisonner quelques femmes et d'aveugler quelques hommes, je parviendrai peut-être à sauver tout le monde. Nous sommes à la veille d'une terrible guerre ! soupira Mélilotus en fixant les nuages.
Yatagan se rapprocha d'elle et la dévisagea d'un air inquiet :
– Tu veux tuer des gens pour que d'autres survivent ! Ne serais-tu pas devenue une Simple-Triple de la pire espèce ?
Mélilotus lui prit les mains et les serra comme une louve qui transporte ses petits à l'abri :
– Trois poings ne valent pas quatre mains, répondit-elle en essayant de sourire. Je suis une Simple-Triple maintenant, mais ma mère m'a confié ses pouvoirs parce qu'elle attend un *Xiao-wa-wa*. Je serai donc une Quatre-Yeux le temps de

neuf lunes. Et si tu veux, comme moi, fêter la naissance du bébé et gagner le tournoi de Bouclance, il faut que nous restions tous en vie. L'armée du Grand Khan menace d'envahir la Chine et le seul moyen de repousser l'ennemi est de trouver treize mesures de salive de deux femmes empoisonnées provisoirement et sept cils de trois hommes aveuglés provisoirement aussi.
Yatagan fit sauter son chapeau de paille en l'air et, sur un pied, exécuta une double pirouette qui faillit lui faire perdre son pantalon.
– Arrête tes singeries ! se fâcha Mélilotus. On est entrés dans l'année du Cheval, ce n'est pas le moment de faire l'andouille mal dressée !
Yatagan sortit alors son bouclier de tournoi et pointa sa lance-tigre dessus :

– Tu te souviens du contrôle du dernier affichage-de-la-pleine-lune ? demanda-t-il.
– Plutôt en mourir que de s'en souvenir ! répliqua Mélilotus. J'ai eu un double-médiocre. Une honte à te faire ravaler les oreilles par les narines !
– La question était : "Quels pouvoirs ont en commun un serpent et un arc ?"
– Et alors ? soupira Mélilotus en ramassant une feuille morte par terre.
Yatagan lui prit alors la main gauche et l'entraîna dans les ruelles étroites de la ville des Cinq-Saisons. Ils filèrent comme deux comètes unies par leurs cheveux. Le cartable de Mélilotus battait contre ses épaules, mais elle ne cessait d'interroger son ami de ses trois yeux inquiets.

– Si nous répondons bien à cette question, nous allons peut-être sauver notre pays ! déclara Yatagan en s'arrêtant enfin, au milieu de la rue des Neiges, devant la boutique d'éventails de son père. Ma chère Simple-Triple, ajouta-t-il, peux-tu jeter un sort pour que mon père ne nous voie pas entrer ?

Mélilotus regarda à travers la vitrine et vit le père de Yatagan occupé à bricoler un nouveau modèle d'éventail derrière son comptoir. Elle sortit de sa poche son épingle surmontée d'un dragon et la fit tourner deux fois en rond et trois fois en carré tout en disant :

– Cil à cil immobile, telle est la cible !

Le père de Yatagan se figea, seul le cordon de soie qu'il était en train d'accrocher au manche de l'éventail continuait de se balancer.

– *Liao-bu-qi,* Méli ! s'écria Yatagan. Tu as réussi du premier coup ! Viens vite, je vais te montrer le nouveau salon de thé de Lame-la-Précieuse, c'est au premier étage !

Yatagan se précipita pour monter les escaliers.
– Mais ce n'est pas avec du thé que je vais empoisonner des femmes et aveugler des hommes ! s'inquiéta Mélilotus.

Yatagan était déjà monté au premier étage. Elle ne reçut pour toute réponse que l'une de ces citations qui l'empêchaient de dormir sur ses deux nattes la veille des contrôles de géo-biologie :
– "Si tu ne montes pas sur une haute montagne, tu ne pourras pas admirer la plaine", lança son ami en riant.

Arc

Chapitre dix

OÙ L'ON APPREND COMMENT SE NOMME LE PÈRE DE YATAGAN ET OÙ L'ON SE DEMANDE QUEL NOM PORTERA LAME-LA-PRÉCIEUSE SI ELLE DEVIENT SA FEMME.

À l'étage, Lame-la-Précieuse était en train de disposer des fleurs de chrysanthème dans des bols de porcelaine. La jeune femme dont la beauté faisait tomber les écailles des carpes du lac d'Or était vêtue d'un kimono japonais. Sous le pan droit, on voyait dépasser sa longue épée à poignée d'or, à coquille d'argent et à lame d'acier.

Depuis que le dangereux Nogodar avait tué son père, le général Feng-Guang-Triple-Rayons, Lame-la-Précieuse ne se séparait jamais de cette arme invincible. Elle avait ouvert un salon de thé au premier étage de la maison de M. Vent. Dans toute la rue des Neiges, on chuchotait que le marchand d'éventails et la vendeuse de thé seraient bientôt comme chaussette et botte si ce n'est comme glu et laque. C'était le vœu le plus cher de Yatagan, qui avait perdu sa mère depuis onze longs automnes.

Lame-la-Précieuse tendit aux enfants un plat de *Aï-wo-wo* tout chauds. Les blancs de poulet, les fruits confits et les nouilles de soja roulés en boulettes se dégustaient comme un yoyo qui monte et descend.

– C'est l'heure des singeries gourmandes, lança la jeune femme. *Qing-Qing*, asseyez-vous et régalez-vous !

Yatagan se servit une pleine poignée de *Aï-wo-wo* et les mangea trois par trois comme un porcelet sauvage.

– Et toi, Mélilotus, tu ne veux rien ? s'étonna Lame-la-Précieuse.

– J'ai des devoirs à faire, expliqua Mélilotus en sortant son cahier de son cartable. Deux gourdes-closes à résoudre en moins de cent grains de sablier… N'est-ce pas, monsieur mange-tout ?
Yatagan avait la bouche si pleine qu'il se contenta de dire *Dui* de la tête.
– Puis-je vous offrir mon aide ? proposa Lame-la-Précieuse en versant de l'eau de pluie bouillante dans les bols de porcelaine.
– J'accepte votre aide comme un pansement avant de tomber, dit Mélilotus.
Elle ouvrit alors son cahier et sortit de sa manche une fiole d'encre de pieuvre et un pinceau en poils de loup blanc.
– Première gourde-close : "Quels pouvoirs ont en commun un serpent et un arc ?" lut Mélilotus, prête à noter la réponse de Lame-la-Précieuse.
La jeune femme prit une gorgée de thé puis une autre, elle mangea deux pétales de chrysanthème et entrouvrit enfin ses jolies lèvres cerise pour répondre :
– Je n'en ai pas la moindre bouche-de-bec, avoua Lame-la-Précieuse. Je suis navrée comme une carpe sans nageoires…
À ce moment, Yatagan fouilla dans son sac d'école et en tira son arc d'entraînement.
– Ce n'est pas le moment de tirer des flèches, bougonna Mélilotus.
– Bouche-cousue, perruche impatiente, l'interrompit Yatagan en bondissant de coussin en coussin jusqu'au paravent situé derrière Lame-la-Précieuse.
– Méli, ressers donc du thé à notre hôte, une tasse ne doit jamais rester vide… ajouta-t-il en accrochant son arc sur l'un des pics du paravent.
– C'est la goutte qui fait déborder la théière ! éclata Mélilotus. Je te rappelle que si nous ne terminons pas nos devoirs avant l'heure du Coq, c'est toute la Chine qui rôtira comme un petit poulet sur les braises de notre ennemi.
– *Cha cha*, mademoiselle jugette, gronda doucement Lame-la-Précieuse. De retour au Yamen, tes parents vous aideront bien à résoudre vos gourdes-closes… Pourquoi s'affoler et rajouter des pépins de melon sur une pastèque !
Au mot "pépin de melon", Mélilotus crut un instant qu'un double cyclone de rage allait lui faire envoler tous ses yeux.
– Ba-Ba-Lo est parti et l'Empereur l'a de nouveau condamné à mort s'il échoue dans sa mission. Quant à Ma-Ma-Li, elle attend un *Xiao-wa-wa*…

– Comme c'est *Ke-Aï* ! s'attendrit Lame-la-Précieuse qui se voyait déjà promener le *Xiao-wa-wa* dans son *Poussi-poussa.*
Tout en rêvant à l'enfant qu'elle aurait peut-être un jour, Lame-la-Précieuse se servit de nouveau du thé.

Yatagan était retourné s'asseoir sur son coussin et avala quatre *Aï-wo-wo* tièdes. Il gardait les yeux fixés sur son arc qui pendait au-dessus du paravent et souriait d'un air confiant.
Mélilotus ouvrit la bouche pour le traiter de crotte d'éperlan quand elle entendit Lame-la-Précieuse pousser un cri strident à faire réveiller les orques du troisième océan :
– Un serpent, j'ai avalé un serpent, hurla-t-elle en pointant son doigt vers sa tasse de thé. *A-ya-ya,* il y en a encore un autre qui nage, regardez, je suis empoisonnée…

À peine eut-elle le temps de dire *Amitoufu* pour sauver ses trois âmes et ses sept souffles Ding Ding, qu'elle s'évanouit.
Yatagan fit voler son chapeau de paille dans les airs et le récupéra avec son pied gauche avant d'exécuter quatre pirouettes vers le paravent. Son pinceau toujours à la main, Mélilotus le regardait faire comme si elle avait devant elle un jeune gibbon qui avait perdu sa fourrure.
D'une main, Yatagan décrocha l'arc et de l'autre désigna la tasse de thé de Lame-la-Précieuse.

– Note bien ça dans ton cahier de formules magiques, mademoiselle jugette, dit Yatagan. Vois-tu un serpent dans le thé de ma future belle-mère ?
Mélilotus s'approcha de la tasse et ne vit que du thé et des poussières de chrysanthème à l'intérieur.
– Résultat d'inspection, dit-elle en imitant les gardes armés de son père, tasse blanche, liquide pur, aucune trace de reptile.
Yatagan fit un nouveau bond et raccrocha l'arc sur le paravent.
– Et maintenant, mademoiselle jugette, voyez-vous le danger qui frétille à fleur d'eau ?
Mélilotus se pencha vers la tasse.
– Que Ma-Ma-Li me transforme en compote de noix de coco si je mens, s'écria-t-elle, je vois bien un petit serpent qui nage dans le thé !
Yatagan retira son arc et revint s'asseoir près du coussin de Mélilotus.
– Il n'y est plus maintenant, constata-t-elle en se grattant le front.
– Si tu es une Simple-Triple, moi je suis un Triple-Simple, dit Yatagan avec l'accent de la ville des Cinq-Saisons. Un arc, une femme émotive et un peu de lumière, le tour est joué. La première gourde-close est résolue !
Mélilotus nota sur son cahier comment la projection de l'ombre de l'arc faisait croire qu'un serpent nageait dans un bol de thé.
Il ne lui restait plus qu'à recueillir dans la fiole bleue treize mesures de la salive de Lame-la-Précieuse. Mélilotus ferma bien la fiole avec un bouchon de cire et fit signe à Yatagan qu'elle allait réveiller la jeune femme empoisonnée provisoirement.
– Mademoiselle jugette, votre précipitation va vous coûter un médiocre pour notre deuxième gourde-close, la mit en garde Yatagan. Ne réveille pas Lame-la-Précieuse maintenant, il nous faut son épée pour aveugler mon père.

Mélilotus était si étonnée de la bonne bouche-de-bec de son ami qu'elle en fit tomber son cahier.
– Poil de tortue et corne de lapin, s'exclama Mélilotus, tu as avalé les cerveaux des sept sages de la forêt des bambous…
– J'ai grandi de deux molaires de crocodile depuis notre dernière enquête, ma chère, fit observer Yatagan en croisant ses bras contre sa chemise d'écolier.
Mélilotus ne pouvait pas en dire autant. Elle avait échangé ses sandales d'été contre ses sandales d'automne qui étaient un peu moins hautes. Pourtant, en moins de trois grains de sablier, elle était déjà en bas de la maison avec la précieuse épée dont la lame avait le pouvoir d'éblouir n'importe qui.

– Aide-moi, monsieur sept-cerveaux, souffla-t-elle à Yatagan. Je vais lever le sort qui a paralysé ton père. Dès qu'il clignera des paupières, fais passer l'épée sous ses yeux, d'est en ouest d'un seul coup !
– Mademoiselle jugette, je suis votre *Han* ! déclara Yatagan en prenant l'épée à deux mains.
– Arrête de m'appeler comme ça ou je te transforme en compote de citrouille, dit Mélilotus en sortant son épingle surmontée d'un dragon.
Elle s'approcha de M. Vent et la fit tourner trois fois en rond et deux fois en carré tout en disant :
– Cible la est telle immobile, cil à cil !
Le père de Yatagan remua légèrement la main. L'éventail qu'il était en train de fabriquer tomba par terre. Au moment où il se pencha pour

le ramasser et dire la moitié d'un *Ni hao* aux enfants, Yatagan fendit les airs avec l'épée de Lame-la-Précieuse et aveugla son père sans qu'il ne s'en rende compte.
– J'ai vu passer comme un éclair, dit M. Vent. Il y a de l'orage pour ce soir. Mon ennemi de toujours va sortir toute sa panoplie de parapluies à double prix… *A-ya-ya !* Dure concurrence…
Tandis qu'il retournait vers son comptoir pour aller chercher sa pierre-à-orbite-gauche (une sorte de loupe qui lui permettait de mieux voir de cet œil très fatigué), Yatagan et Mélilotus comptaient les cils qui tombaient un par un sur le sol.
– *Yi, Er…* murmurèrent-ils.
Il ne leur en manquait qu'un seul pour remplir la fiole bleue.
Tout à coup à l'étage, un bruit de lourde chute se fit entendre. M. Vent sursauta comme un criquet dans sa cage.
– C'est Lame-la-Précieuse, elle a dû faire tomber une de ses théières japonaises sur ses adorables petits pieds ! s'écria-t-il en se précipitant vers les escaliers.

Yatagan, l'épée bien cachée derrière son dos, et Mélilotus, la fiole bleue à la main, étaient à leur tour aussi immobiles que des jarres de cinq-pieds-six-pouces.

M. Vent avait disparu au premier étage du salon de thé. Puis, comme un petit éclat de foudre, un troisième cil vola sur les marches.

– *San !* s'écrièrent Mélilotus et Yatagan d'une seule voix. Le compte est rond !

Pour se féliciter, ils se firent le signe de la victoire sur le bout du nez avant de s'emparer de l'ultime ingrédient.

Serpent

十一

Chapitre onze

OÙ L'ON DÉCOUVRE QUEL MESSAGE EST CACHÉ DANS LE GANT VERT DE CAVALIER-SANS-VISAGE.

Le juge Mi-Lo bravait une tempête de feu sur son fidèle Double-Baï. Il galopait au pied de la Grande Muraille de Chine depuis presque une lune.

Cachés derrière les hauts remparts, quelques guerriers mongols lançaient des flèches enflammées. Comme autant de sangsues rouges, la Grande Muraille crachait son venin brûlant sur le manteau de quatre pieds du juge et des étincelles grésillaient sur la robe blanche de son cheval.

Le juge sortit son bol de sa poche, versa de l'eau dedans et posa une cuiller à la surface. Il laissa les cinq vents jouer leur roue, et bientôt le manche de la cuiller indiqua la direction du sud.

Sous le feu d'artifice que lançaient les guerriers mongols de plus en plus nombreux, mais toujours cachés, le juge rangea sa boussole et lança Double-Baï au galop.

Il ne lui restait que le lendemain pour retrouver le jeune homme à la tache violette. S'il échouait, l'Empereur le donnerait à manger aux nouveaux crocodiles qu'il venait de recevoir en cadeau du pays du Soleil Levant.

Le juge Mi-Lo pensa un instant à sa douce-jadéite qui l'attendait dans la ville des Cinq-Saisons et à sa coquine de Phénichette. Dans sa course à travers la forêt de pierres, il était loin de s'imaginer que sa petite Mélilotus était le jeune homme qu'il cherchait.

Il renonça à chercher vers le nord et galopa vers le sud en s'arrêtant dans chaque village. Il interrogea tous les habitants, personne n'avait entendu parler d'un jeune homme avec une tache violette.

De retour dans les bâtiments sud du Yamen, Mélilotus et Yatagan frappèrent à la porte de la chambre de Jade-Li.

– Ma-Ma-Li, ouvre vite, j'ai rempli la fiole bleue ! cria Mélilotus.

Un silence de neige se faisait entendre. Seul Yatagan crut percevoir les sifflements du Fu-She-Fu-She, le terrible serpent que Jade-Li gardait en cage.

D'une main, Mélilotus fit lentement glisser le panneau de la porte vers l'est et passa sa tête. Dans la chambre, elle ne vit que le lit de neuf pieds de ses parents. Toutes les malles de sa mère avaient disparu.

– Par tous les Bolangurs de ma première vie, Ma-Ma-Li est partie ! s'écria Mélilotus.

– Le Fu-She-Fu-She aussi ? demanda Yatagan en brandissant d'une main l'épée de Lame-la-Précieuse et en posant l'autre sur l'épaule de Mélilotus.

– Il reste juste une boîte d'allumettes, constata-t-elle. Elles peuvent nous aider si tu as la gentillesse d'ouvrir mon cahier de formules avec tes deux mains, ajouta Mélilotus en se dégageant.

Yatagan rougit de la pointe des orteils au bout des oreilles, ôta sa main et posa l'épée sur le lit.

– Je ne faisais qu'enlever un cheveu qui était tombé sur ton épaule, c'est tout, balbutia-t-il.

– *Dang-Ran, Dang-Ran !* sourit Mélilotus tout en fouillant dans ses poches. Où est mon cahier de formules ? Tu ne l'aurais pas vu, par hasard, monsieur c'est-tout ?

Yatagan enleva son chapeau de paille et se mit à chercher dans les poches de son pantalon troué.

– Qu'ai-je fait au dieu des langues pendues pour avoir une amie pareille ! soupira-t-il. Un jour, elle fait parler un panier, aujourd'hui elle donne la parole à des allumettes...

– Ces bâtonnets-à-feu-de-la-taille-d'un-pouce, précisa Mélilotus en ouvrant la boîte, vont peut-être nous révéler où est partie Ma-Ma-Li avec son très cher petit ventre. Sans elle, je ne peux pas savoir pendant combien de grains de sable il faut que je trempe mon anneau dans la fiole bleue... Bambou-Da, va chercher mon cahier dans mon cartable !

D'un pas lent, la petite tortue apporta le cahier de formules dans sa bouche et

le tendit à Yatagan puis, comme piquée par un troupeau d'oursins, elle fila vers Fou-Fou qui était sorti de sa cage. Depuis le jour-de-la-terre, Bambou-Da ne terminait plus ses écuelles de feuilles de bambou. Un seul dessert la faisait rêver jusqu'au sommet de l'Océan des cinq brumes : manger le petit criquet !

– Bambou-Da, *Bou-xu* ! gronda Mélilotus. Si tu crois faire de Fou-Fou une seule bouchée, je te transforme en compote de tomates vertes !

Bambou-Da, la bouche grande ouverte au-dessus des antennes de Fou-Fou, la referma dans le vide.

– Au lit ! *Kuaï kuaï*, ordonna Mélilotus qui fit claquer ses deux mains et rouler ses yeux.

La tortue partit se cacher dans le cartable de Mélilotus, non sans avoir poussé de retentissants "Mong-Mong-Min-Min" de faim.

Mélilotus ferma son cartable à clef puis s'assit au bord du lit de ses parents.

– Lis-moi la formule, elle doit se trouver au chapitre des sorts de l'avenir…

Yatagan s'assit en tailleur et feuilleta le cahier comme s'il épluchait une échalote.

– Quelle écriture, se moqua-t-il, tu as trempé ton pinceau dans du crottin de marcassin !

Mélilotus bondit sur ses deux pieds et arracha le cahier des mains de Yatagan.

– Vomissures de chat ! répliqua-t-elle. Si tu crois que c'est facile d'avoir quatre yeux et trois mains pour noter ce genre de phrases ! Tiens, lui lança-t-elle, tu n'as qu'à t'occuper des allumettes divinatoires pendant que je prononcerai l'incantation.

Yatagan fit une double pirouette arrière et rattrapa la boîte entre ses deux orteils. (Le jeune garçon était doué pour les acrobaties et, depuis la mort de sa mère, il avait fait le vœu de ne plus jamais porter de chaussures ni de chaussons et ceci qu'importe la saison.)

– *Xiao-Xin !* S'il arrive à cette boîte le quart d'un *Gua-gua-za-za*, je te hache menu avec les éventranches de ton père, menaça Mélilotus.
– Arrête de faire ta méchante, Simple-Triple, répliqua Yatagan. N'oublie pas que tu dois te rendre chez le Grand Khan de Mongolie et sauver notre Empire tout en remplissant le tripode de la Pagode du Matin de toutes les feuilles mortes de la ville en moins d'une lune…
Mélilotus se pencha sur son cahier et, tandis que Fou-Fou se tenait sagement sur son épaule, elle lut l'incantation :
– Secouer la boîte trois fois de haut en bas contre mon oreille droite et dire : *You-zui-yan.*
Yatagan agita la boîte contre l'oreille de Mélilotus. Sur son épaule, Fou-Fou replia ses antennes devant sa tête.
– Secoue encore quatre fois la boîte contre mon oreille gauche, indiqua Mélilotus à Yatagan.
Le jeune garçon changea de côté comme Fou-Fou, qui sauta sur l'épaule gauche de Mélilotus. Le petit criquet semblait vouloir apprendre la suite de l'incantation et remuait ses pattes avant pour mieux retenir chaque mot.
– *Fei-zhen-yan,* prononça Mélilotus en fermant son cahier.
Yatagan lui remit alors la boîte et vit son amie tirer le tiroir de son étui. Mélilotus jeta toutes les allumettes par terre puis elle compta celles qui tournaient leur tête de soufre vers ses sandales d'automne et dit enfin :
– Treize allumettes vers moi, chiffre impair, conclusion : "Attente désespérée, moment où l'on mesure le danger avec impuissance à le surmonter."
Mélilotus baissa la tête et se cacha pour laisser une larme couler de son premier œil. Fou-Fou avait beau bondir pour boire le chagrin de sa maîtresse, la détresse de celle-ci pleuvait de partout. L'insecte en avait les pattes toutes salées.

Au moment où Yatagan tenta de nouveau d'approcher sa main de la joue de Mélilotus pour la consoler, un bruit se fit entendre derrière la fenêtre. Yatagan se précipita vers le fond de la pièce et scruta le volet de bambou. Sur le bord se tenait un aigle noir aux ailes déployées comme une longue écharpe de plumes. L'oiseau ouvrit son bec et déposa un gant de cuir vert aux pieds de Yatagan puis

poussa deux cris, "Song-Song", avant de prendre son envol dans le ciel.

– C'est le gant de Cavalier-sans-Visage, s'exclama Mélilotus comme si elle se retrouvait devant le fantôme d'un prince-crapaud.

Yatagan ramassa les cinq doigts de cuir et les renifla.

– Cette chose appartient à un de tes nouveaux du quartier des Tuilettes, pouffa-t-il en baissant son chapeau de paille comme un boxeur qui soutient de son seul index les neuf toits du temple de Shao-Lin.

– Cavalier-sans-Visage n'est pas mon *Bao Bei*, répliqua Mélilotus en reprenant le gant de cuir vert. C'est juste le voleur du marché de nuit, le messager de mon lointain chasseur et un mystérieux dresseur d'aigle noir…

Yatagan fit signe au petit criquet de venir sur son épaule.

– Au moins toi, tu n'as pas une triple vie ou des quadruples œilletons… soupira Yatagan en caressant la tête de l'insecte. Pour séduire une dame criquette, tu n'as pas besoin de gant, toi ! *Dui-Bou-Dui ?*

De son côté, Mélilotus secoua dans les cinq directions le gant de Cavalier-sans-Visage. Un petit miroir serti de huit jades verts en tomba.

– C'est la glace de Ma-Ma-Li ! s'exclama Mélilotus. Regarde, il y a des traces de maquillage et de rouge-à-bouche.
Tandis que Mélilotus en profitait pour se recoiffer, Yatagan se pencha vers le miroir et commença à pointer son doigt sur les petites traces rouges.
– Sans vouloir manquer de respect à la femme du juge le plus aimé de l'Empire, je trouve que ta mère a des fréquentations très groin-de-grenouille ! remarqua Yatagan. Elle disparaît sans laisser de traces sauf sur son miroir que l'on retrouve caché dans le gant d'un voleur qui élève un aigle noir…
Mélilotus poussa Yatagan et examina le miroir de plus près.
– Ces traces, ce n'est pas du rouge-à-bouche, s'inquiéta Mélilotus, c'est du sang !
Yatagan se saisit aussitôt de l'épée de Lame-la-Précieuse et se mit à tourner dans la chambre comme les gardiens de la Cité interdite.
– Je tuerai Cavalier-sans-Visage, je ferai rôtir son moineau d'aigle noir, je vengerai l'Honorable Jade-Li, illustre mère de ma tendre amie…

Mélilotus porta sa main à son front. Sa tache violette la brûlait comme si elle avait été mordue par un

loup de Mongolie. Fou-Fou bondit sur le miroir et sauta frénétiquement de tache en tache. Malgré sa peur, Mélilotus ne put s'empêcher de compter les bonds de son criquet sur les gouttes de sang.

– Yatagan, murmura-t-elle, je ne sais pas si Ma-Ma-Li est vivante ou non, mais c'est un message. Son dernier : "800" gouttes, comme 800 grains de sablier… C'est le temps qu'il faut pour rendre l'anneau magique !

鷹

aigle

十二

Chapitre douze

OÙ L'ON RENCONTRE POUR LA PREMIÈRE FOIS LE FILS DU CIEL.

Tandis que Mélilotus et Yatagan hésitaient entre le désespoir et l'urgence de tremper l'anneau dans la fiole bleue pendant 800 grains de sablier, le juge Mi-Lo entra dans la cour de son Yamen. Il descendit de son cheval et appela Ping-Avant et Pong-Arrière pour le soutenir. Le juge était épuisé, comme s'il avait porté sur son dos seize éléphants et trente autruches. Le temps qu'une pousse de bambou naisse sous la pluie d'automne, ni Ping-Avant ni Pong-Arrière n'accoururent pour accueillir leur maître. Le juge Mi-Lo attacha lui-même les rênes de Double-Baï, s'épongea le front avec sa cape de quatre pieds et enleva son chapeau orné d'une plume d'argent qu'il jeta dans le Couloir-des-Retrouvailles.

– À grande joie, courte journée, à gros soucis, interminable soirée, soupira le juge Mi-Lo. Où es-tu, ma doucette Li, ma jadéite Po-Lie ?

Tout en bouclant et débouclant sa barbe comme s'il défrisait la laine d'un mouton, le mari de la femme la moins présente de l'Empire attendit en vain.

– Par tous les maillets du gong-des-injustices, je suis un homme abandonné par son épouse, oublié par sa fille, condamné par l'Empereur ! geignit le juge. Je vais finir dans le ventre de ces affreux crocodiles japonais… *Bou* et *Bou* ! Autant mourir par ma propre main avec l'arme de mon bon ami, ajouta-t-il en sortant un éventranche de sa ceinture.

M. Vent, inventeur et vendeur d'éventails, avait offert un éventranche au juge Mi-Lo. Dès qu'on ouvrait l'éventail, une lame aussi pointue qu'un piquant de porc-épic sortait du manche.

– Deux armes bien trempées valent mieux qu'une larme mal coulée. Où est donc mon coupe-coupe-caché-de-poche ? se demanda le juge Mi-Lo toujours prêt à se tuer.

Résolu d'en finir avec ses trois vies, le maître des bâtiments sud du Yamen pointa l'éventranche contre son cœur et l'autre lame contre sa gorge.

Au même instant, Ping-Avant et Pong-Arrière déboulèrent dans le Couloir-des-Retrouvailles. Les deux jumeaux avaient tellement couru que la sueur coulait le long de leur turban.

– Honorable Seigneurie, supplia Ping-Avant, mille morts sur ma carcasse de crabe rabougri ! Votre épouse, la très future mère de votre incomparable descendance a un message pour vous… C'est un dé-ogramme urgent !

(Il s'agissait d'un message codé. Chaque chiffre correspondait à un mot parmi une liste de trente apprise par cœur. Il suffisait d'écrire un chiffre sur chaque face du dé pour rédiger un message composé de six mots.)

Ping-Avant se retourna vers son frère qui soufflait comme un taureau de trois fois deux ans écrasé sous le poids de dix buffles d'eau.

– Nous avons tout d'abord porté en palanquin votre très lourde épouse si pesante… commença Pong-Arrière en sortant le dé-ogramme de sa poche.

Ping-Avant pinça si fort le nez de son frère pour le faire taire que Pong-Arrière culbuta sur les fesses.

– Tu t'es rincé la bouche avec de la bouse de bouc ce matin ! le coupa Ping-Avant. Je vais t'arracher la limace qui te sert de langue si tu dis un seul mot de plus. L'épouse de Notre Seigneurie est à peine plus lourde qu'une plume de caille, ajouta-t-il en s'agenouillant front contre terre. Elle nous a seulement demandé de la déposer sur l'île de Haï Nan et de vous remettre ceci…

Au mot de Haï Nan, Mélilotus, qui était toujours dans la chambre de ses parents, sortit en courant avec sa fiole bleue. Elle fut aussitôt suivie de Yatagan, qui cachait derrière lui non seulement l'épée de Lame-la-Précieuse, mais aussi Bambou-Da et enfin Fou-Fou.

Dans l'étroit Couloir-des-Retrouvailles, tout le monde finit par tomber à la renverse ainsi que l'éventranche, le coupe-coupe-caché-de-poche, sans oublier le précieux dé-ogramme de Jade-Li.

– Insupportables lutins-fouineurs ! Que faisiez-vous dans la Très-Interdite-Chambre-Parentale ? hurla le juge Mi-Lo. En plus, avec ces deux *hannibals* aussi propres que des cochons de fermette !
Bambou-Da ramassa l'éventranche entre ses dents, Fou-Fou sautilla jusqu'au dé-ogramme, Yatagan se redressa sur ses pieds comme une flèche et Mélilotus fit tourner trois fois son anneau de jade vers l'ouest. Aussitôt, le dé-ogramme s'éleva dans les airs et se dirigea vers elle comme un papillon sur une fleur. Fou-Fou planait au-dessus du sol. Jamais il n'avait connu voyage plus agréable, loin de la bouche affamée de la tortue. Ping-Avant et Pong-Arrière n'en croyaient pas leur turban et s'enfuirent à quatre pattes.
– Par tous les palanquins de ma province natale ! s'écrièrent-ils. Un dé-ogramme fantôme, le message de notre Honorable Maîtresse a été ensorcelé !

Aussi perplexe qu'un requin devant une carotte, le juge Mi-Lo haussa les épaules en voyant les deux porteurs détaler ventre à terre et tira si fort sur sa barbe qu'il en éternua, "Atchi-Atchou" !
– Alors Phénichette, s'exclama-t-il. Cela ne te suffit pas de fouiller dans la Très-Interdite-Chambre-Parentale, tu as aussi volé les plans de ma prochaine invention ! Le dé-olicoptère-à-double-hélice-et-triple-gouvernail !
Mélilotus referma sa main sur le dé-ogramme et Fou-Fou se posa sur l'épaule de sa maîtresse.
– Je n'ai pas volé tes plans, déclara-t-elle. J'essaie juste de sauver la vie de Ma-Ma-Li et de quelques millions de personnes. Dans moins de trois cents grains de sablier, l'Empereur en personne va venir te couper ta cape de quatre pieds et arracher la plume d'argent de ton chapeau… Car tu n'as pas retrouvé le jeune homme à la tache violette. Si moi je sais que ce n'est pas de ta faute, l'Empereur, lui, ne pourra le comprendre. Si tu préfères rester un père intact plutôt qu'un juge humilié, je te conseille d'aller vite à l'intérieur de ma cachette. Tu sais, celle où Bambou-Da m'a déjà sauvé la vie.

Le temps qu'un escargot sorte deux fois la tête de sa coquille, le juge Mi-Lo était passé par toutes les couleurs des feuilles de l'automne. Sa fille d'à peine deux fois six ans et demi osait prétendre lui sauver la vie et celle de tous les habitants de l'Empire. Il était si furieux de son audace que ses cheveux se dressèrent sur sa tête et firent tomber son chapeau. Bambou-Da se précipita pour le ramasser et le mâchouiller à coups de langue râpeuse.
– À grande joie, courte journée, à gros *sourcils*, interminable soirée, hurla-t-il en tirant de toutes ses forces sur son chapeau.
– *Kuaï kuaï*, supplia Yatagan, vous oublierez vos soucis en prison. Là, personne n'ira vous chercher. Mélilotus a raison.
– Des enfants me jettent en prison ! Ma fille fait la loi à ma place ! Ma femme disparaît sans prévenir ! se lamenta le juge Mi-Lo. Mes porteurs sont des coqs sans pattes, l'Empereur va me servir à dîner à ses crocodiles japonais…
– *Cha cha*, mon Ba-Ba-Lo, s'empressa de dire Mélilotus, prends Bambou-Da avec toi. Elle te tiendra compagnie et ira te chercher à manger…
Elle porta son anneau de jade contre son oreille droite et ajouta :
– J'entends les gardes de l'Empereur. Ils seront dans la cour des Visiteurs le temps de compter jusqu'à *San*…
La fidèle tortue de Mélilotus se dirigeait vers le tunnel qui menait aux prisons situées sous le Yamen, quand un concert de trompes et de cors de chasse retentit : l'Empereur et son escorte déboulaient dans la cour des bâtiments sud du Yamen. Le juge Mi-Lo ne put bégayer que la moitié d'un *Zai jian* et suivit la tortue en ne cessant de répéter :
– Le plus grand juge de l'Empire, moi le célèbre détective montré sur trois pages dans la *Gazette du mandarin*, je vais finir mes jours avec une dévoreuse de chapeau, *Pampou-Ba, Bou ! Poupam-Da*…
– Tu auras tout le temps d'apprendre le nom de ma tortue en prison, dit Mélilotus. Nous viendrons te délivrer après la guerre avec le Grand Khan de Mongolie. Plus vite tu iras te cacher, plus vite tu seras délivré…
Le juge Mi-Lo lança un *Zai jian* déchirant et jeta sa cape de quatre pieds dans le couloir avant de disparaître dans le tunnel.
Yatagan ramassa la cape et la mit sur les épaules de Mélilotus. L'escorte de l'Empereur entra dans la demeure du juge Mi-Lo. Cachée derrière un paravent,

Mélilotus retint son souffle et laissa Yatagan accueillir le Fils du Ciel.
Vêtus d'armures en plaquettes d'argent et armés de lances de trois pieds, les gardes pointèrent tous en avant leur étendard pourpre où était brodé un dragon doré, symbole de la toute-puissance de Sa Majesté. Ils les firent ensuite claquer au vent avec une telle puissance que Fou-Fou perdit l'équilibre et crut avoir été foudroyé par un éclair. Tous les étendards étaient maintenant disposés par terre en forme de tapis. Lentement, l'Empereur marcha sur cette haie d'honneur en direction de Yatagan.
– *Kou Tou !* crièrent d'une seule voix les gardes de l'escorte.
Comme le voulait le code des DMDS (dix manières de saluer)*, Yatagan se prosterna sur ses genoux et frappa trois fois son front contre le sol en signe de respect. Au moment où Mélilotus tentait de jeter un sort pour paralyser Sa Majesté, le dé-ogramme de Jade-Li lui échappa et roula jusqu'aux pieds de l'Empereur qui paraissait aussi furieux qu'un hérisson qui a perdu ses piquants. Sans s'en apercevoir, son illustre pied droit chaussé de peau de marmotte buta dans le dé-ogramme qui roula sous un coffre.

Cachée derrière son paravent, Mélilotus ne pouvait rien faire. Comme s'il avait pu lire dans le cœur de sa maîtresse, le fidèle Fou-Fou sauta vers le coffre et disparut rechercher le précieux message.
Yatagan sentit la pointe d'une lance lui frôler le cou. À cet instant, il aurait voulu ramasser entre ses dents toutes les feuilles mortes de dix villes plutôt que de se trouver devant la colère de celui qui régnait sur dix mille cités.

皇帝

Empereur

---

* *Découvre les dix manières de saluer page 154.*

十三

Chapitre treize

OÙ L'ON VOIT MÉLILOTUS DEVENIR MA-LO-TRIPLE-LEVANT ET YATAGAN ÉLU CONSEILLER DE L'EMPEREUR.

– Je suis venu de Pékin sans prendre le temps de faire transporter mes crocodiles dans leurs bassins mobiles. J'exige des explications ! cria l'Empereur. Le juge Mi-Lo a-t-il retrouvé le jeune homme à la tache violette que me réclame le Grand Khan de Mongolie ? S'il a échoué, je lui trancherai moi-même la tête avec ce nouveau sabre…

Sur ces mots, l'Empereur tira de son fourreau une longue lame plus fine et plus pointue que la queue d'un scorpion. Il fit tournoyer son arme comme une comète dans le ciel.

Yatagan tremblait de peur, mais il entendit Mélilotus lui chuchoter quelque chose. D'un très discret mouvement de pied, il fit glisser l'épée de Lame-la-Précieuse sous le paravent.

Les gardes de l'Empereur se rapprochaient tous de Yatagan pour le faire parler en lui zébrant la gorge du bout de leur lance. Le jeune garçon murmurait déjà des prières d'adieu au monde quand une voix grave qu'il ne connaissait pas s'éleva derrière lui.

– Je suis le jeune homme à la tache violette et je me soumettrai à son immense Seigneurie dans trois grains de sablier.

Derrière son paravent, Mélilotus avait utilisé le mouchoir-buveur-de-chagrin pour déguiser sa voix. Elle l'avait noué autour de son nez et de sa bouche comme un masque. Avec la cape de son père et armée de l'épée de Lame-la-Précieuse, personne ne verrait qu'elle était en réalité une fille. Il ne lui manquait que de coiffer ses cheveux en un chignon de guerrier pour faire sa

première apparition en tant que garçon.

Elle jeta un coup d'œil sous le coffre et vit Fou-Fou pousser de toutes ses forces le dé-ogramme. Le petit insecte était épuisé comme s'il poussait devant lui les 999 palais de la Cité interdite. D'un tour d'anneau, Mélilotus le fit glisser à toute allure vers elle. D'une main, elle prit le dé-ogramme et de l'autre aida Fou-Fou à monter sur son épaule.

– S'il te plaît, Fou-Fou, lui chuchota-t-elle, aide-moi à coiffer mes cheveux comme un samouraï !

Le petit criquet sauta dans les cheveux de Mélilotus. Il se mit à tricoter avec ses pattes à une telle vitesse que Mélilotus eut l'impression qu'une dizaine de crabes étaient en train de lui grignoter la tête. Elle n'eut plus qu'à planter son épingle surmontée d'un dragon et à avancer de trois pas.

– Le juge Mi-Lo a accompli sa mission, déclara-t-elle, la bouche cachée par le mouchoir-buveur-de-chagrin. Il a non seulement le privilège de garder sa cape de quatre pieds et de porter son chapeau orné d'une plume d'argent…

– Sa Majesté connaît par cœur le protocole du Grand Mandarinat, s'impatienta le Conseiller de l'Empereur en agitant sa manche gauche.

L'homme au regard noir n'avait plus de main et, à la place, dépassait un crochet en or où pendaient des plumes de chouette et des queues de lézards.

– Êtes-vous *Dui* ou *Bou* le jeune homme à la tache violette ? reprit-il en faisant aller et venir la pointe de son crochet sous la gorge de Mélilotus.

Yatagan se retourna vers son amie et la vit relever sa frange d'une main sûre.

– *Kan-yi-kan*, Honorable Conseiller, dit-elle. Je porte la tache et mon père est un homme de parole…

– Qui est votre père ? l'interrompit le Conseiller.

– Je voulais parler de ma terre, celle qui m'a conduite à me taire sans trahir ma parole…

À cet instant, Mélilotus fronça le bout de son nez et se racla la gorge.

– … ma parole d'homme, ajouta-t-elle.

– Quel est ton nom ? Où est le juge Mi-Lo ? demanda le Conseiller en tournant autour de la jeune fille.
En moins de temps qu'il n'en faut pour que s'envole un cerf-volant à la ficelle cassée, le Conseiller arracha avec son crochet le mouchoir de Mélilotus.
Elle fit aussitôt un petit signe à son criquet, qui sauta sur son oreille droite. Grâce à un jeu de noirs et de lumières, il projeta une ombre sur le visage de sa maîtresse qui lui donnait l'air de porter une petite moustache sous le nez.
– Je m'appelle Ma-Lo-Triple-Levant et je suis né pour tuer le Grand Khan, dit Mélilotus en essayant d'imiter la voix d'un garçon. Le juge Mi-Lo est à présent au chevet de sa femme enceinte sur l'île de Haï Nan, comme le prouve ce message.
Sous les yeux de l'Empereur et du Conseiller, Mélilotus fit rouler les six faces du dé-ogramme.
Sur chacune était écrit un chiffre qui correspondait à une liste de trente mots que seuls Jade-Li, le juge Mi-Lo et Mélilotus avaient apprise par cœur*.
– 13 correspond à Attention, dit-elle, 28 : Rendez-vous. 23 : Après. 9 : Demain. 27 : Soir. 30 : Au revoir.

Mélilotus serra le dé contre elle. Elle était rassurée. Sa mère était vivante et lui donnait rendez-vous après-demain, le jour-du-bois, mais elle devait faire attention avant de dire au revoir et de quitter le Yamen le soir même.
Le Conseiller pointa le bout de son crochet sur le dé-ogramme comme s'il voulait le réduire en purée.
– Un dé ne parle pas, dit-il d'une voix sombre. Nous ne jouons pas ici et nous avons promis votre tête au Grand Khan !
Le Conseiller leva son crochet et toutes les plumes de chouette et les queues de lézards s'agitèrent ensemble.
– Gardes, ordonna-t-il, décapitez Ma-Lo-Triple-Levant ! À moins qu'il n'ait le

* *Joue au dé-ogramme page 155.*

courage de se trancher lui-même la tête avec son épée. À la manière dont vous coiffez vos cheveux, Sieur Ma-Lo, vous devez connaître le code des samouraïs du Japon…

À cet instant, Yatagan s'interposa. Il fit *Kou Tou* et se prosterna front contre terre devant l'Empereur.

– Votre Excellence, je ne suis qu'un écolier, orphelin de mère et ami de Mélilo…,

Yatagan écrasa de nouveau son front contre le sol comme s'il voulait y casser un œuf.

– … de Sieur Ma-Lo, reprit-il. Dans mon école, Maître Cent-Savoirs m'a enseigné un proverbe : “Le plaisir du chasseur dépend de la difficulté de la proie.” Si vous livrez Méli… le Sieur Ma-Lo…

– Triple-Levant, précisa Mélilotus en s'agenouillant avec respect à côté de Yatagan pour implorer l'Empereur. Le Grand Khan aura d'autant plus de plaisir à me rencontrer vivante… *Bou !*… je voulais dire contre toute attente, bien vivant et de m'achever selon ses méthodes en me crevant les yeux avec son faucon blanc, plutôt que de recevoir ma tête dans un panier comme un mauvais melon trop mûr.

– *Bi-zui !* hurla le Conseiller. L'heure du Singe a sonné, il est temps pour Sieur Ma-Lo de dire *Zai jian* à notre Empire des Quatre Mers…

Au moment où il voulut se saisir de l'épée de Mélilotus pour lui trancher lui-même la tête, l'Empereur interposa son sabre. “Ding-Ding-Dang-Dang.”

– *Damé !* cria l'Empereur. Ces deux jeunes bufflons me paraissent plus utiles que ton insupportable crochet de plumes et d'écailles !

Sur ces mots, Sa Majesté trancha en deux les plumes de chouette et les queues de lézards de son conseiller. De sa main droite, le pauvre homme ramassa ses trophées déchiquetés et colla front, nez et bouche contre terre en signe de soumission.

– Gardes ! ordonna l'Empereur. Ôtez-lui son crochet et son titre de Conseiller et jetez-le à mes crocodiles japonais pour l'heure du Chien !

Sa Majesté se tourna ensuite vers Yatagan :

– Jeune homme, orphelin de mère et ami de sieur Ma-Lo, quel est ton nom ?

Yatagan releva les yeux et balbutia :

– Mon père se nomme M. Vent et ma pauvre mère m'a appelé Yatagan, répondit-il en joignant les deux mains sous son menton.
L'Empereur inclina la tête et glissa sa main dans la poche de son grand manteau de sept pieds. Il en tira un nouveau crochet surmonté de plumes de cygne et de griffes d'aigle.
– Ce proverbe dont tu as parlé tout à l'heure, peux-tu le répéter, ami Yatagan ?
Le jeune garçon jeta un coup d'œil à l'intérieur de son chapeau. C'est là qu'il avait recopié la dernière page de son manuel.
– "Le plaisir du chasseur dépend de la difficulté de la proie", récita-t-il.
L'Empereur agita son crochet et le pointa vers Yatagan.
– *Liao-bou-qi !* s'écria-t-il. Ce sera la phrase-maîtresse de mon plan contre le Grand Khan. Comme tu me l'as apprise, je dois te donner quelque chose en retour. La voici !
Yatagan, son chapeau de paille troué entre les mains, se vit offrir le crochet de Conseiller de Sa Majesté le Fils du Ciel.

– Porte-le à la ceinture et livrons ensemble la guerre contre la Mongolie ! déclara l'Empereur en posant sa main sur l'épaule de Yatagan. Depuis mon arrivée sur le trône, je ne cesse d'être dérangé par les "Kui-Kui-Kua-Kua" de son armée de faucons. Ses guerriers ne cessent d'incendier ma jolie muraille avec leurs vilaines flèches à feu. Il n'est plus un drapeau de Chine qui soit resté entier ! Ce Khan me nargue, veut ma place et je ne sais quoi encore. Je ne lui livrerai pas Sieur Ma-Lo comme un nouveau-né dans son *Poussi-poussa* ! J'ai dit : *Damé !* Nous sauverons l'Empire, ses vieillards, ses vaillants adultes et les jeunes bufflons comme vous !
Mélilotus approuva d'un signe de tête la détermination de l'Empereur et Yatagan accepta le crochet en élevant ses deux mains au-dessus des sourcils.

Des plumes de cygne mêlées à des griffes d'aigle sur un crochet en argent : Yatagan n'avait rien vu de plus beau depuis douze pluies. Il ne put s'empêcher d'exécuter une double cabriole dans les airs avant de dire :
– Foi de fondant ! Quand je montrerai ça à l'équipe des Pandas sauvages, ils perdront le tournoi de Bouclance avant même d'avoir commencé !
– Je serai ravi d'assister à la finale où jouera mon jeune Conseiller, sourit l'Empereur.
À cet instant, Oreille-Bon-Vent fit irruption dans la cour des Visiteurs, descendit de cheval et se prosterna devant l'Empereur. Il déploya un rouleau rouge couvert de signes blancs.
– Un message pour Sa Majesté ! cria-t-il.

Le Japon a appris la guerre imminente que va livrer le Grand Khan de Mongolie à notre Empire et Sa Majesté Nipodédo-Fujiyama offre en signe d'amitié et de soutien une armée de guerriers en pierre de jade pour protéger la Grande Muraille de la Céleste Chine.

L'Empereur, Mélilotus et Yatagan marchèrent vers la porte du Yamen. Dans la rue de la Pagode-du-Soir, ils virent arriver mille sumos qui portaient chacun sur son dos un guerrier de pierre. Les statues avaient été sculptées dans un jade si vert et les yeux de chaque guerrier avaient été peints avec un rouge si éclatant que l'on aurait dit que les fameux samouraïs de l'armée personnelle de Nipodédo-Fujiyama étaient en train de défiler dans la ville des Cinq-Saisons.
– Par les dix mille poils de ma galette au miel. J'ai trouvé une bouche-de-bec pour enfermer le Grand Khan dans un piège ! s'exclama Mélilotus. Votre Majesté, ajouta-t-elle, permettez-moi de vous voler le cadeau que vient de vous offrir l'Empereur du Japon et, en échange, je sauverai la Chine… Vous n'aurez qu'à dire que des voleurs ont dérobé votre cadeau et nommer mon père… *Bou !…* un expert pour résoudre cette affaire.
L'Empereur examina les mille statues de jade puis se tourna vers Yatagan.
– Cher Conseiller, parlez pour moi ! ordonna-t-il.
Yatagan se gratta les cheveux avec les griffes d'aigle de son crochet et, après avoir lu le dernier proverbe de sa leçon au fond de son chapeau, il récita :

– "Pour gagner il faut avoir de quoi perdre, et savoir ce que l'on perd c'est le gagner pour toujours." La bouche-de-bec de Meli… de ce très malin Sieur Ma-Lo, se reprit Yatagan, est plus lumineuse que le soleil du drapeau de Son Excellence Nipodédo-Fujiyama !

L'Empereur fit claquer ses mains l'une contre l'autre. Le temps qu'une mouche se frotte les pattes, les gardes l'entourèrent.

– Je me laisse voler l'armée de pierre par Sieur Ma-Lo pendant une lune pour l'aider à combattre le Grand Khan. Et je nomme le juge Mi-Lo pour résoudre ce faux vol. S'ils échouent, je les jette à mes crocodiles. S'ils réussissent, je les nommerai tous deux ministres !

Mélilotus reçut des mains de l'Empereur le rouleau rouge couvert de signes blancs. Elle avait désormais sous ses ordres mille sumos et mille guerriers de pierre.

相撲

Sumo

张力人工

truong

十四

Chapitre quatorze

OÙ L'ON SUIT MÉLILOTUS ET SON PÈRE FAIRE LA COURSE JUSQU'À L'ÎLE DE HAÏ NAN.

À l'entrée des bâtiments sud du Yamen, les colosses japonais avaient l'air aussi épuisés que des poissons-lunes sur l'étalage d'un marché.
Mélilotus ne savait pas parler japonais et se demandait comment elle allait demander à ces messieurs d'entrer un instant dans son humble demeure pour y prendre un léger *Jiu dun shi ba huo* et se reposer de leur long voyage.
– Yatagan, tu n'as pas une bouche-de-bec ? demanda-t-elle à son ami.
Yatagan fit comme s'il n'avait rien entendu et se contenta de caresser du bout des doigts les plumes de cygne et les serres d'aigle de son crochet de Conseiller.
– Yatagan, s'impatienta Mélilotus, il faut faire rentrer tous ces sumos et leurs statues à l'intérieur de la cour des Visiteurs pour qu'ils mangent un peu avant de repartir avec moi pour la Mongolie.
Yatagan fit quelques pas vers la cour et dressa son crochet pour appeler les porteurs de palanquin.
– Tu ne veux pas m'aider, c'est ça ! éclata Mélilotus. Espèce de canard sans peau mal laquée !
– *Ma ma Hou hou !* piaffa Yatagan. Ce n'est pas un canard mal laqué qui va te répondre, prune de tartelette sans croûte ! Appelle-moi par mon titre et exécute le salut numéro 6 des DMDS et je daignerai peut-être conseiller le garçon qui se cache en toi, mademoiselle Ma-Lo…
Mélilotus souffla par le nez et pointa son épingle surmontée d'un dragon sur son anneau de jade.

– *Xiao-Xin*, monsieur le-cuisinier-de-tartelettes ! menaça Mélilotus. Je vais transformer ton crochet de Conseiller en rouleau à aplatir les galettes et, de ta tête, je ferai une noix de coco pour que tu te réduises en compote tout seul !
Soudain, les deux porteurs de palanquin, Ping-Avant et Pong-Arrière, suivis du juge Mi-Lo et de Bambou-Da, apparurent dans la cour des Visiteurs.
– Qui a parlé de galettes à la compote de noix coco ? s'écria Ping-Avant.
– Et de tartelettes aux croûtes bien grillées ! ajouta Pong-Arrière.
– Sans oublier le canard laqué aux délicieux craquants qui commence par la peau caramélisée à souhait, continua le juge Mi-Lo qui avait rejoint les deux porteurs de palanquin.
– Et les petites prunes confites ! miaula Bambou-Da.
Tout le monde regarda la tortue. Avait-elle bien parlé, elle aussi ? Même les sumos, qui ne comprenaient pas le chinois, parurent se douter que l'on parlait d'un festin bien copieux. Tous posèrent leur statue et s'avancèrent vers la petite tortue, décidés à la déguster en guise d'entrée.
Bambou-Da, effrayée, recula si bien qu'elle se cogna à Fou-Fou. Pour la première fois depuis le jour-de-la-terre, elle n'avait pas envie de manger le criquet mais bien au contraire de demander à cet insecte treize fois plus petit qu'elle de la protéger.
– Monsieur le Conseiller, dit Mélilotus en s'inclinant devant Yatagan, pouvez-vous demander à Toujours-Là de venir préparer un *Jiu dun shi ba huo* pour nos amis japonais.
– Foi de fondant, c'est comme si Son Honorable Phénichette était déjà servie ! répondit Yatagan en agitant son crochet vers les cuisines.
– Dans mes bras, jeune Conseiller au bon parler ! s'exclama le juge Mi-Lo en serrant Yatagan dans ses bras. Par les cent chaudrons de ma maison, où est donc passée ma fille ?
Mélilotus, qui portait toujours la cape de son père à la manière d'un samouraï, fit deux pas en arrière et trois bonds en avant.
– Œuf de cheval et nombril de poule, ta fille est derrière toi ! répondit-elle.
Le juge Mi-Lo se retourna et ne la reconnut pas. Il vit juste un étrange jeune homme armé d'une épée étincelante et vêtu de sa cape de quatre pieds.
– Rendez-moi ma cape et ma fille ! ordonna le juge en sortant la lame de son

éventranche et son coupe-coupe-caché-de-poche. Mélilotus éclata de rire et demanda à Fou-Fou de venir défaire sa coiffure de garçon. En moins de temps qu'il n'en faut pour tricoter une chaussette de criquet, Fou-Fou sauta sur la tête de Mélilotus pour détacher ses cheveux.

Le juge Mi-Lo, la lame levée au-dessus de la tête de sa fille, s'arrêta net.
– Par tous les maillets-de-la-colère que j'ai tapés durant deux fois dix ans de carrière, c'est bien toi, ma jugette. Tu t'es déguisée en samouraï pour accueillir nos amis japonais et l'armée de pierre ?
Mélilotus serra son père dans ses bras ; il essaya de la faire bondir en l'air mais, avec son épée et sa cape, sa fille lui parut plus lourde que d'habitude.
– Nous allons nous régaler avec nos mille amis sumos, ajouta-t-il. Suivez-moi jusqu'à la salle des Festins-Improvisés !
Au moment où le juge s'avança, avec en tête Ping-Avant et Pong-Arrière dont le ventre gargouillait depuis mille grains de sablier, Mélilotus retint son père par les pompons de son chapeau.
– Ba-Ba-Lo, lui chuchota-t-elle, *Man-man-yi-dianr* !
– Pourquoi *Man-man-yi-dianr* maintenant ? protesta-t-il. J'ai faim et je veux manger *Kuaï kuaï* !
Mélilotus sortit de sa poche sa petite fiole verte où trempait la langue fourchue et rouge d'un cobra.
– Qu'est-ce que c'est que ça ? demanda le juge Mi-Lo. Mon apéritif ?
– Il deviendra peut-être ton digestif si tu ne m'écoutes pas, répondit Mélilotus. Ma-Ma-Li nous attend le jour-du-bois à Haï Nan, elle a confié un dé-ogramme à nos porteurs et nous devons partir dès maintenant !
Mélilotus se dirigea vers les écuries et se mit à chercher les bottes de son père.
– Ba-Ba-Lo, ajouta-t-elle, tu prends le palanquin et moi ton cheval. Après la traversée en bateau jusqu'à Haï Nan, le premier arrivé dans notre ancienne

maison aura droit à une marmite d'ailerons de requin aux cheveux d'ange.
Le juge Mi-Lo rejoignit Ping-Avant et Pong-Arrière qui s'étaient cachés dans la foule des sumos pour se rendre dans la salle des Festins.
– Yatagan, supplia Mélilotus en détachant les rênes de Double-Baï, Honorable Conseiller et éternel ami, peux-tu aller chercher ces trois ventres sur pattes et garder l'armée de pierre jusqu'à notre retour ?
Yatagan exécuta une triple cabriole avant et se retrouva près de Mélilotus.
– Partez sans crainte retrouver votre mère, cavalier Ma-Lo ! déclara Yatagan. L'armée de pierre sera gardée par mon redoutable crochet. Quant aux trois ventres sur pattes, je suggère de faire appel aux pouvoirs d'une certaine Mélilotus pour les faire venir. Ils sont déjà en train de dévorer vingt-sept langoustines géantes par dix grains de sablier...

Mélilotus monta sur Double-Baï et trotta jusqu'à la salle des Festins. D'un saut, elle fut à terre et se dirigea droit vers son père. Avec ses cheveux défaits, sa tache violette sur le front qui ressemblait de plus en plus à une cicatrice de guerrier, elle impressionna tout le monde. Même les sumos aussi lourds que treize lions se turent sur son passage.
– Avec sept gouttes de cette huile, je suis certaine que tu trouveras tes langoustines meilleures, Ba-Ba-Lo ! dit-elle en souriant.
Le juge Mi-Lo vit sa fille agiter la petite fiole verte sous son nez. Elle déposa sept gouttes sur le menton de son père et passa trois fois son anneau de jade en traçant une croix imaginaire. Le juge Mi-Lo devint aussitôt muet, il avait beau ouvrir la bouche comme une carpe, aucun son ne sortait.
– Vous voulez en goûter aussi, avec quelques mesures de bave d'hippopotame ? ajouta Mélilotus en se tournant vers Ping-Avant et Pong-Arrière.
Les deux jumeaux reposèrent les queues de thon grillé qu'ils étaient en train de dévorer.
– *Cha cha*, honorable cavalière ! geignirent-ils d'une seule voix. La dernière fois que Jade-Li nous a punis avec, nous avons souffert de grouilli-grouilla pendant une lune entière ! Un mal de ventre à faire tomber dix cormorans en plein vol...
– Gardez votre salive pour le dîner que nous préparera Ma-Ma-Li, interrompit Mélilotus. En route !

Elle rangea ses potions dans sa poche et remit le pied à l'étrier. Bambou-Da dans son cartable et Fou-Fou dans sa cage étaient installés de chaque côté de la selle. Double-Baï hennit deux fois et Mélilotus le lança au galop.
Tandis que Yatagan veillait sur l'armée de pierre et sur le festin donné aux mille sumos japonais, le juge Mi-Lo monta dans son palanquin et suivit sa fille.

Dix allers et retours de sablier plus tard, Double-Baï galopait si vite que sa robe était devenue transparente. Bambou-Da, dans son cartable, avait mal au cœur et Fou-Fou dans sa cage tentait de chanter une berceuse à sa nouvelle amie. Car il est inutile de préciser que la tortue et le petit criquet étaient devenus amis comme chaussette et botte depuis que Mélilotus chevauchait sa monture pour gagner la course. Plus la cavalière s'approchait de la maison de son enfance, plus ses mauvais souvenirs fondaient comme neige au soleil, ses médiocres à l'école se liquéfiaient comme de la laque, les défaites au tournoi de Bouclance s'évanouissaient dans les flots de poussière qui jaillissaient sous les sabots de Double-Baï. La dernière lettre de Ming-Flèches-des-Deux-Espaces semblait grandir devant Mélilotus tel un drapeau qui l'envelopperait bientôt comme miel et sucre.
Derrière elle, le juge Mi-Lo dans son palanquin criait à Ping-Avant et Pong-Arrière de dépasser Double-Baï et son intrépide cavalière.
– Vous n'êtes qu'une paire de sac à moelle pour escargots bouillis ! hurla-t-il. Jamais nous ne gagnerons… Plus vite !
Sur ces mots, le juge sortit son éventranche et piqua les fesses de Ping-Avant avec sa lame.
– *Cha cha*, Honorable Seigneurie, dont l'incomparable piquant impose une immense douleur à mon insignifiant derrière…
– Je ne veux pas de mots mais des pas ! cria le juge. Crottes d'éperlans et vomissures de rats, pensez donc au festin qui nous attend si nous arrivons les premiers !
Les deux porteurs redoublèrent de vitesse à l'idée de dévorer les fameux ailerons de requin de Haï Nan. Pendant ce temps, Fou-Fou était sorti de sa cage et exécutait le plan qu'il avait échafaudé pour faire ralentir Mélilotus. Bambou-Da avait tellement mal au cœur que sa carapace verte était devenue aussi blanche que la laine d'un mouton. Fou-Fou ouvrit le cartable et l'aida à se laisser

tomber de la monture. Retournée, les quatre pattes en l'air, la petite tortue ressemblait maintenant à un petit agneau sans défense. Mélilotus n'avait pas le choix, il lui fallait s'arrêter et laisser son père la dépasser.
Tandis qu'elle faisait demi-tour pour ramasser Bambou-Da, le juge Mi-Lo et son palanquin arrivèrent les premiers devant la maisonnette où les attendait Jade-Li. Ping-Avant et Pong-Arrière défirent leurs turbans et les posèrent par terre en forme de tapis d'honneur.
– Si Son Excellence veut bien descendre de palanquin, dirent-ils en s'inclinant.
– Victoire ! s'écria le juge Mi-Lo en posant ses pieds sur les turbans. Pour vous récompenser, je vous décerne le titre de Très-Méritants-Porteurs-à-Tête-de-Soie, ajouta-t-il en donnant à chacun un bonnet de soie, vert pour Ping-Avant et jaune pour Pong-Arrière.

Mélilotus arriva enfin devant la maisonnette de son enfance. Elle savait qu'elle avait perdu la course et faisait avancer Double-Baï au pas. Impatiente de retrouver un peu de calme dans les robes de Jade-Li, Bambou-Da avec Fou-Fou sur le dos poussa la porte avec sa tête. À peine avait-elle franchi une longueur de patte de panda que Bambou-Da recula et se cogna aux sandales d'automne de Mélilotus. De nouveau, la tache violette de Mélilotus la brûla comme si le quatrième doigt du ministre des sept enfers était venu lui imprimer un avertissement sur le front. Bambou-Da avait caché sa tête et Fou-Fou dans sa carapace, on n'entendait plus que des "Pi-Pa Pi-Pa" de peur résonner à l'intérieur.
Mélilotus sentait que sa mère était en danger et une odeur familière lui rappelait la crique de l'Oreille-qui-pond-des-œufs-d'hippocampe. Ming-Flèche-des-Deux-Espaces était-il là, avec ses filets de pêche et un panier rempli d'ailerons de requin ?
– Ming, Ma-Ma-Li, c'est nous... dit Mélilotus.
Un silence de serpent pour toute réponse. Armée de son épée, Mélilotus entra dans la première pièce. Un noir d'encre de pieuvre y régnait.
– Ne t'inquiète pas, ma Phénichette, la rassura le juge Mi-Lo. Notre douce-Li a dû nous préparer une surprise ou alors, elle a tellement grossi qu'elle doit se cacher comme une pastèque dans une jarre de litchis.

À cet instant, le juge Mi-Lo alluma un bâtonnet-à-feu-de-la-taille-d'un-pouce. L'allumette éclaira une silhouette au fond de la pièce. Un gant vert, une cape blanche, un masque noir. Mélilotus avança son bras droit comme une flèche et de sa main gauche éleva son épée en la croisant devant sa tache violette.

– Je ne vous conseille pas de m'aveugler si vous désirez que j'éclaire votre arrivée, dit une voix d'homme.

Mélilotus reconnut aussitôt la voix de Cavalier-sans-Visage et ne savait plus si elle devait trembler comme une feuille morte ou rester confiante comme un bourgeon au printemps.

勝利

Victoire

十五

Chapitre quinze

OÙ L'ON ACCOMPAGNE MÉLILOTUS AVEC SON MOUCHOIR QUI LUI SERT DE TAPIS VOLANT POUR ALLER EN MONGOLIE.

Dans la maisonnette de Haï Nan, Mélilotus et son père se demandaient où encore avait disparu Jade-Li et pourquoi Cavalier-sans-Visage était assis à sa place sur le fauteuil à bercer des futures mamans.

– Mille morts sur mes mains, mais je suis arrivé trop tard pour sauver Jade-Li. Elle a été enlevée par Nogodar et l'armée de faucons du Grand Khan de Mongolie. Elle a juste eu le temps de laisser ceci pour Mélilotus, ajouta Cavalier-sans-Visage en lui tendant la cage du Fu-She-Fu-She.

Mélilotus savait que chaque barreau de la cage représentait un morceau du terrible serpent de sa mère qui s'en servait pour obtenir la vérité, mais elle ne connaissait pas la formule pour le faire apparaître. À l'intérieur de la cage, Jade-Li avait juste laissé son mouchoir-buveur-de-chagrin.

– Par toutes les foudres du malheur, s'écria le juge Mi-Lo, ma tendre épouse est prisonnière des Mongols ! Ce satané Nogodar n'est donc pas mort dans le désert… Je vais le provoquer en duel de ce pas et le réduire en pâté de chacal ! Quant à ce maudit Kubilaï, je vais lui trancher la tête et lui faire sortir les yeux par les oreilles…

Cavalier-sans-Visage se leva et enleva son gant vert.

– Tiens, Mélilotus, lui dit-il, ta mère t'avait envoyé le premier, voici le second gant. Il te servira, j'espère, à escalader des montagnes d'épées et à traverser des mers de flammes pour vaincre Nogodar et le Grand Khan.

Mélilotus enfila le second gant vert et remercia Cavalier-sans-Visage d'un signe

de tête. Ce cadeau lui rappelait celui que lui avait fait un jour Ming-Flèche-des-Deux-Espaces, de belles sandales d'été dans lesquelles elle avait trouvé sa perle violette. Elle allait demander à Cavalier-sans-Visage de transmettre un message à son lointain chasseur quand le juge Mi-Lo s'interposa :
– C'est moi qui irai en Mongolie, cria-t-il. Vous, le Cavalier, vous allez retourner dans mes prisons et toi, Mélilotus, me donner ces beaux gants verts.
Mélilotus n'avait pas dix grains de sablier à perdre et se retourna pour sortir son moulin-à-poivre dans lequel se trouvait une queue de lézard et un cœur entier de cannette. Elle tourna la manivelle deux fois dans un sens puis dans un autre tout en disant : *Long wei yang yan* puis pointa son anneau de jade vers son père. Aussitôt, le juge Mi-Lo bâilla si fort qu'on aurait dit qu'un éléphant s'était caché dans sa poitrine. Il se dirigea droit vers le fauteuil à bercer des futures mamans et s'endormit comme un enfant.
Mélilotus rangea son moulin-à-poivre, prit la cage du Fu-She-Fu-She et sortit retrouver Double-Baï, Bambou-Da et Fou-Fou.

– Veille sur mon père, il se réveillera demain à l'heure du Dragon, dit-elle à Cavalier-sans-Visage. Si tu vois Ming-Flèche-des-Deux-Espaces, répète-lui que la malédiction se réalisera et que je me battrai contre le Grand Khan jusqu'à mon septième souffle pour sauver ma mère et la terre de Chine.
– Rien d'autre à lui transmettre ? demanda Cavalier-sans-Visage en accompagnant Mélilotus vers son cheval. C'est bien devenu ton *Bao Bei*, non ?
Mélilotus se hissa sur Double-Baï. La cape de son père claqua au vent, ses cheveux se dénouèrent sur ses épaules et sa tache violette éclaira son front.
– "Ce que le destin unit, nul ne saurait le séparer", répondit-elle. Il a toujours été mon *Bao Bei*. Quand nous étions petits, au bord de la crique de l'Oreille-qui-pond-des-œufs-d'hippocampe, nous avons fait un vœu : si nous n'étions pas nés le même jour, nous mourrions à la même heure.
– Je le lui dirai, répondit Cavalier-sans-Visage en souriant. Soyez prudente, Sieur Ma-Lo…
Mélilotus lança Double-Baï au triple galop.
Bambou-Da et Fou-Fou, secoués comme des prunes sur le dos d'un chameau, priaient le dieu des fillettes pour que Sieur Ma-Lo redevienne Mélilotus.

Arrivé dans la ville des Cinq-Saisons, Double-Baï marcha au trot et foula toutes les feuilles mortes des ruelles. Mélilotus mit alors pied à terre et déposa Bambou-Da et Fou-Fou sur la terre ferme.

– Vous voyez toutes ces feuilles, leur dit-elle, mangez les fraîches et mettez les mortes dans le grand tripode de la Pagode du Matin. À mon retour de Mongolie, si toute la ville est propre, je vous couvrirai de caresses et de desserts. Et n'oubliez pas que ces feuilles sont comme autant d'ennemis et que vous formez une armée. Une armée est victorieuse si elle cherche à... à... Quelle *Chun-chong-zi* je suis ! J'ai encore oublié la leçon de mon manuel de stratégie ! *Zai jian*, les amis...

Bambou-Da et Fou-Fou virent leur maîtresse partir et commencèrent à trier les feuilles.

Puis ils se regardèrent un instant et, dans leur langage, se dirent qu'il valait mieux être traités de stupides cafards bouillis et suivre Mélilotus pas à pas que de lui obéir au doigt et à l'œil.

Arrivée devant le Yamen, Mélilotus sauta à terre et attacha Double-Baï dans la cour des Visiteurs.

À l'intérieur de la salle des Festins-Improvisés, les mille sumos japonais dormaient, le ventre tendu comme des joues de crapaud-buffle. Yatagan aussi s'était endormi et serrait son crochet de Conseiller tout contre lui comme un *Xiao-wa-wa* qui ne veut pas quitter son *Poussi-poussa.*

Mélilotus sortit de sa poche un sachet de graines bleues, en choisit trois et les passa sous le nez de son ami en disant :

– Réveil-fainéant... Bulle-océan !

Le temps qu'une abeille sorte son dard, Yatagan ouvrit grand les yeux et agita son crochet de Conseiller dans les cinq directions.

– Foi de fondant, s'écria-t-il, je ne me suis endormi que pendant sept grains de sablier et demi...

– Bouche-cousue, lui conseilla Mélilotus en rangeant son sachet. Nous devons faire *Kuaï kuaï* et transporter tous les sumos et les statues en Mongolie ! Ma-Ma-Li a été enlevée par Nogodar...

– Mais ton père l'a laissé pour mort dans le désert de Gobi, après le mystère de Goutte-Sèche, l'interrompit Yatagan.

– Double-bouche-cousue, dit Mélilotus en sortant le mouchoir-buveur-de-chagrin de la cage de Jade-Li. Je te raconterai en route… Pour l'heure du Tigre, nous devons faire disparaître tous nos amis japonais avec leurs guerriers de pierre et les faire réapparaître bien en ligne dans le désert de Gobi. Et la même chose pour nous deux.
Yatagan agita les plumes de cygne et les griffes d'aigle de son crochet sur les gants verts de Mélilotus :
– Et c'est grâce à tes nouvelles mains couleur d'herbe folle que tu vas nous faire voler comme des lucioles ? Ces sumos et leurs guerriers sont plus lourds que la Cité interdite à elle seule !
Mélilotus posa son mouchoir-buveur-de-chagrin sur un des sumos endormis à côté d'un immense guerrier de pierre et donna son cahier de formules à Yatagan.
– Peux-tu ouvrir le cahier au chapitre des formules qui permettent de traverser

l'espace et le temps sans grosse fatigue ni dépense importante ? lui demanda-t-elle.
Du bout de son crochet, Yatagan consulta l'écriture de son amie et lut :
– Prendre la fiole verte où trempe la langue fourchue et rouge d'un cobra, déposer quatre gouttes à chaque coin du mouchoir-buveur-de-chagrin et poser le tout sur la chose à faire disparaître…
Yatagan souleva du bout de son crochet un coin de son chapeau de paille. Mélilotus exécutait chaque geste avec la précision d'une Quatre-Yeux âgée de deux fois dix ans.
– Et maintenant, en Mongolie au pied du Grand Khan ! dit-elle en faisant tourner son anneau de jade vers l'ouest.
Le sumo endormi et son guerrier de pierre se liquéfièrent comme glace trop près du feu et le mouchoir tomba dans le vide sur les pieds nus de Yatagan.

– *Bou ! Bou !* s'écria-t-il en reculant de trois pas. Je ne veux pas disparaître tout de suite. Le premier sumo est vraiment parti chez le terrible Kubilaï ?
Mélilotus reprit le mouchoir et le suspendit au-dessus du deuxième sumo.
– Nous le saurons quand nous aurons rejoint les 999 autres cadeaux de Sa Majesté Nipodédo-Fujiyama.
Sous l'œil et le crochet de Yatagan, les sumos et les guerriers de pierre disparurent tous un à un de la salle des Festins-Improvisés. Quand vint son tour, Yatagan se mit à ramper sous la table du banquet mais, de sa main gantée de cuir vert, Mélilotus lança son mouchoir. Pour la première fois depuis des lunes, elle avait visé juste. Et c'est avec un sourire sous son nez parsemé de minuscules taches de rousseur que Mélilotus disparut à son tour de la ville des Cinq-Saisons, sans se douter que Bambou-Da et Fou-Fou l'avaient suivie.

Dans la yourte du Grand Khan, Ogodeï le devin consultait l'oracle des sept éléphants. De son sac en peau de serpent, il sortit des pointes d'ivoire et les lança sur le sol.
– Le jeune homme à la tache violette est arrivé dans notre territoire, déclara Ogodeï.
Jade-Li, qui était attachée à une colonne en bois, sourit. Elle serait bientôt libre.
– *Duwa Suqor !* s'écria Ogodeï. Le jeune homme n'est pas seul. Il est escorté par une armée, un garçon aux pieds nus, une tortue et un insecte…
Le Grand Khan siffla longuement et ses yeux se plissèrent à un tel point que de la foudre sembla sortir de ses paupières comme des larmes de glace.
– Senkakudji, mon faucon, cria-t-il. Prépare-toi ! Puis il se tourna vers Nogodar et ajouta : Reste dans le village et garde notre prisonnière. Je t'enverrai un signal pour tuer Jade-Li si c'est nécessaire...
Nogodar, qui s'était coiffé d'un chapeau en peau de chameau, s'inclina devant le Grand Khan :
– Je serai vos bras et vos jambes, mon Maître, dit-il en brandissant un arc. Mais n'oubliez pas qu'il suffit de blesser cette femme pour que ces deux grains de beauté tombent et se transforment en deux perles. Ensuite, nous n'aurons plus qu'à nous baisser pour les ramasser et devenir des Quatre-Yeux… En plus de la dernière partie de la formule que possède le jeune homme, nous obtiendrons

l'Œil-du-Ciel et le monde vous sera soumis pour l'an 1000.

Jade-Li, qui ne pouvait pas bouger ses mains, tapa des pieds et siffla entre ses deux dents du bas.

– Compote de noix de coco, monsieur Nogodar, se moqua-t-elle. Vous m'aviez habituée à ouvrir plus grand vos trois yeux, l'année dernière. C'était l'année du Serpent, *Dui-Bou-Dui* ? Votre grain de beauté en forme de roue est-il devenu carré ? Ne voyez-vous pas que j'attends un *Xiao-wa-wa* et que même si vous me blessiez pour récupérer mes perles, elles n'auraient aucun pouvoir tant que je n'aurai pas mis mon petit garçon au monde…

Nogodar et le Grand Khan se rapprochèrent de Jade-Li.

– Vous attendez un *Tian-er-zi* ! s'écrièrent-ils.

Jade-Li répondit *Dui* de la tête.

– Cela veut dire que votre *Xiao-wa-wa* va hériter dès sa naissance de vos perles ! s'exclama Nogodar.

– Et que si nous les tuons tous les deux, poursuivit Kubilaï, en premier la mère qui a retrouvé

ses pouvoirs puis l'enfant qui vient de naître, nous obtiendrons quatre perles d'un seul coup !

Kubilaï mit ses gants de cuir bleu et sortit de la yourte.

– Nogodar, dit-il avant de monter sur son cheval, veille sur cette femme et qu'il ne lui arrive rien jusqu'à la naissance de son fils. Après, nous les livrerons à mes faucons...

Tandis que Nogodar installait Jade-Li dans une yourte pour qu'elle boive du lait de jument, le Grand Khan avait revêtu sa peau de loup et s'éloignait à la rencontre de son ennemi de toujours.

Dans le désert de Gobi régnait un silence tel que Mélilotus et Yatagan entendaient les araignées noires aux pattes rouges sucer le sang des scarabées. Occupée à faire réapparaître un par un les sumos et leur guerrier de pierre, Mélilotus ne cessait de pointer son doigt orné de l'anneau de jade dans les cinq directions comme le lui avait appris Jade-Li.

– C'est calme... dit Yatagan en scrutant l'horizon. Trop calme. Ce pays est plus groin-de-grenouille que je ne l'aurais imaginé.

CHAPITRE QUINZE

Perdus au milieu des sables, les mille sumos japonais se demandaient où ils étaient et chacun se serrait contre son guerrier de pierre comme près d'un vieil ami.
Bambou-Da et Fou-Fou étaient sortis des poches de Mélilotus et jouaient avec le sable quand soudain une pluie de plumes rousses tomba du ciel comme une neige de feu.

成吉思汗

Le Grand Khan

十六

Chapitre seize

OÙ MÉLILOTUS TENTE DE DÉLIVRER SA MÈRE PRISONNIÈRE DU GRAND KHAN.

À la tête de son armée de faucons roux, Senkakudji pointa son bec en direction de Mélilotus. Le rapace aux plumes blanches tourna trois fois au-dessus de Mélilotus et la centaine d'oiseaux se posa autour d'elle, formant une prison de plumes enflammées et de becs crochus. Yatagan agita son crochet dans tous les sens pour les chasser.

– *Damé !* cria-t-il en imitant le ton de l'Empereur de Chine. Je vous ordonne de laisser Sieur Ma-Lo en paix.

Il avait beau imiter le tigre qui bondit sur un faisan, la panthère qui se hisse sur un arbre, le chacal qui saute à la gorge de sa proie, aucun des faucons ne bougea. Seul Senkakudji s'envola et se posa sur l'épaule de son maître. Le Grand Khan de Mongolie et son fidèle guerrier To'oril avançaient côte à côte sur leur cheval.

D'un regard, comme un ouragan qui évalue ce qu'il va détruire avant de fondre sur sa cible, Kubilaï estima le nombre de sumos et de leurs curieux guerriers de pierre. Puis il s'avança vers la cage vivante que formait son armée autour de son ennemi.

Une cape noire, des gants de cuir vert, les cheveux relevés avec au milieu du front la tache violette, Kubilaï découvrit le jeune homme qui devait le tuer.

Mélilotus serra les poings, elle allait devoir croiser le regard du Grand Khan et éleva aussitôt son mouchoir pour masquer sa voix.

– Je ne suis pas venue pour vous tuer, dit-elle en parlant comme un vaillant samouraï, mais pour vous offrir une armée de pierre. Elle vient du Japon et ces mille sumos sont à mes ordres.

Le Grand Khan ne s'attendait pas à ce que son ennemi de toujours lui offrît un cadeau ; il descendit de cheval et fit quatre pas en ajustant sur ses sourcils son chapeau de zibeline à larges bords.

– Alors c'est toi Sieur Ma-Lo qui as juré ma mort, toi le fameux jeune homme à la tache violette de deux fois huit ans, dit le Grand Khan. Tu me parais pourtant aussi petit qu'un chameau sans aucune bosse ! As-tu au moins une arme ?

Mélilotus prit appui sur la carapace de Bambou-Da pour avoir l'air plus grande et demanda à Fou-Fou de bondir sur le ceinturon de Kubilaï qui portait près de son sabre une tête de renard.

– C'est ce misérable insecte qui est ton arme ! ria le Grand Khan. Tu te moques de moi, vermicelle de potage sans viande ? To'oril, tue cette limace !

De dessous sa peau de taureau noire, To'oril sortit son grand arc de combat et visa Fou-Fou d'une flèche.
Mélilotus avait remarqué que la pointe de la flèche était taillée en pierre comme celles des lances du tournoi de Bouclance. Aussitôt, elle se souvint de la vieille formule qui permettait de changer la roche la plus dure en très fin papier. Elle prononça les trois mots : *Shi wei zhi* et dirigea son anneau de jade en direction de la flèche. Puis elle exécuta les gestes indispensables pour réussir le sort. De sa main droite, elle forma un puits avec son pouce et son index puis écarta les cinq doigts de la main gauche. Une légère explosion de vapeur se fit entendre. La pointe de la flèche s'écrasa sur Fou-Fou mais, au lieu de transpercer le petit criquet, elle s'aplatit comme un éventail que l'on referme. Avec ses pattes, Fou-Fou fit une boulette de la pointe de pierre transformée en papier et roula dessus comme un acrobate entre les jambes du Grand Khan.
– C'est du prodige ! s'exclama Kubilaï. Jamais To'oril n'a manqué sa cible. Par les sangs croisés de la biche blanche et du loup bleu qui coulent en moi, je vais te montrer de quoi je suis capable !
Le Grand Khan sortit une flèche de son carquois pour viser Fou-Fou et de nouveau Mélilotus transforma le dard de pierre en papier.
Yatagan agita son crochet vers son amie.
– Deux victoires pour Sieur Ma-Lo ! dit-il en élevant son index et son majeur. "Qui laisse le soin à autrui de remuer sa soupe y perd sa louche", se moqua-t-il en défiant le Grand Khan.

Kubilaï fit signe à To'oril de baisser son arc. Furieux comme un tigre sans moustaches, le fidèle guerrier sortit alors de dessous sa peau de taureau noir un sabre court et se jeta sur Mélilotus.
À la vitesse d'une mèche qui s'enflamme au contact du feu, Mélilotus brandit l'épée de Lame-la-Précieuse.
– *Kan-yi-kan !* cria-t-elle.
Sous les yeux de To'oril, elle fit siffler la lame d'acier, sonner la poignée en or et vibrer la coquille d'argent. Aveuglé par tous les rayons que lançait l'arme de son adversaire, To'oril continua de s'avancer vers Mélilotus.
Elle recula devant le guerrier sans cesser de l'aveugler. À trois fois y réfléchir,

elle ne voyait pas comment en finir. Elle dit alors à Yatagan :

– Prends le cahier, arrache une feuille et jette-la en l'air !

Yatagan obéit et comprit ce que voulait faire son amie.

– "Sur le toit d'une fourmi, la rosée est un déluge", dit-il en lançant une feuille au-dessus de la tête de To'oril.

Le guerrier n'était plus qu'à une foulée de Mélilotus. Quand elle lança son anneau en l'air vers la feuille tout en disant : *Zhi wei shi !* la feuille se transforma en une pierre de la taille d'une tête de loup et tomba sur le crâne de To'oril. Assommé, le guerrier s'effondra dans le sable.

– Mille tortillons de nouille trop molle, s'écria Mélilotus, mon anneau !

Un des faucons roux transperçait les airs pour récupérer l'anneau de Mélilotus. Aussitôt Fou-Fou grimpa sur le dos de Bambou-da et sauta pour le rattraper.

– Plus vite ! hurla le Grand Khan à son faucon.

– *Kuaï kuaï !* cria Mélilotus à son criquet.

Yatagan, lui, lança son crochet en direction du faucon. Les plumes de cygne mêlées aux griffes d'aigle fusèrent plus vite que le vent et se retrouvèrent attachées autour du bec du faucon. Fou-Fou récupéra l'anneau autour de son cou et sauta sur l'épaule de sa maîtresse.

– *Liao-bou-qi*, le félicita Mélilotus, et à toi aussi Yatagan. Si tu utilises cette technique pour le tournoi de Bouclance…

– Taisez-vous ! hurla le Grand Khan. Nous ne sommes pas en train de jouer, je vous rappelle que j'ai capturé une femme de votre Empire et que je vais envahir la Chine après vous avoir tué, Sieur Ma-Lo.

Mélilotus remit son anneau de jade à son doigt, sa cape en place et ajusta bien ses gants verts.

– Vous prétendez conquérir la Chine avec vos faucons et vos guerriers qui tombent au moindre souffle de vent ? ricana-t-elle.

– Autant dessiner des dragons dans le sable et attendre qu'ils s'envolent, soupira Yatagan. Vous arriverez à peine à entrouvrir une porte des 999 palais de la Cité interdite.
Un double cyclone de rage monta au visage du Grand Khan.
– Par les mille cœurs de cerf que j'ai dévorés en une lune, cria-t-il. Avez-vous un plan ?
Mélilotus et Yatagan se lancèrent un regard complice :
– Une bouche-de-bec pour que vous pénétriez dans la salle du Trône de Sa Majesté l'Empereur… commença Mélilotus.
– Dans la salle du Trône ? répéta le Grand Khan.
– À deux pas de souris du grand Trésor de la concubine Feï-Feï, précisa Mélilotus.
Le Grand Khan ôta son chapeau de zibeline à larges bords et un sourire éclaira son visage sombre.
"Le grand Trésor…" songea-t-il en se voyant déjà offrir des colliers de jade et d'or à sa femme.
– Mais par mes dix mille juments blanches, pourquoi, Sieur Ma-Lo, m'offrez-vous tout cela ? ajouta le Grand Khan. Vous êtes mon pire ennemi, a-t-on jamais vu l'agneau se jeter lui-même dans la gorge du loup bleu que je suis ?

Senkakudji se posa alors sur l'épaule de son maître et défia Mélilotus du regard. Elle replaça son épée dans son fourreau et se hissa sur la pointe de ses sandales d'hiver.

– Je ne suis pas un agneau, protesta-t-elle, mais un jeune homme…

Tout en parlant, le Grand Khan, Mélilotus et Yatagan étaient arrivés au village suivis des mille sumos et de leur guerrier sur chacun desquels s'étaient posés les faucons roux.

– On n'offre pas une queue de panthère contre un sourire de chat, fit remarquer Kubilaï en caressant les plumes blanches de Senkakudji. Que voulez-vous en échange ?

– Ma vie et celle de votre prisonnière, répondit Mélilotus.

Le Grand Khan se dirigea vers sa yourte et secoua deux fois sa tête de renard contre son ceinturon en or.

– Ogodeï, mon devin ! Nogodar, mon sorcier. Sortez ! ordonna-t-il.

Si Nogodar ne pouvait reconnaître Mélilotus, il n'aurait aucun mal à identifier Yatagan. Le jeune garçon enfonça son chapeau de paille et plissa les yeux à la manière des moines du temple de Shao Lin.
Ogodeï et Nogodar saluèrent leur Seigneur qui, d'un signe du sourcil droit, leur demanda de s'asseoir autour du brasier où cuisait un mouton.
– J'ai rencontré nos ennemis en la personne de Sieur Ma-Lo et de ce porteur de crochet sans chaussures. Ils nous proposent mille guerriers de pierre, l'accès à la salle du Trône de la Cité interdite et le Trésor de la concubine Feï-Feï contre leur vie et celle de la femme au gros ventre de chamelle. Je vous ai convoqués pour ce repas afin de leur répondre quand nous aurons terminé de dîner.
À main nue, le Grand Khan arracha une patte de mouton qui cuisait dans les flammes et la dévora.
Yatagan, à l'aide de son crochet, se servit une côtelette bien grillée. Ogodeï recueillit de la graisse dans son sac en peau de serpent et la but à petites gorgées.

Tandis que Nogodar se demandait où il avait déjà vu ce jeune homme avec cette cape noire, Mélilotus se demandait à quel échelon serait promu son père si elle parvenait à capturer de nouveau le dangereux criminel.
Ogodeï essuya sa bouche luisante de graisse avec un bout de sa patte de loutre.
– Votre Altesse, dit-il, la proposition de votre ennemi me semble équitable comme les deux défenses d'un éléphant mais il manque quelque chose, la trompe…
– *Anda ! Anda !* s'écria Nogodar. Ogodeï a raison, Grand Khan. Sieur Ma-Lo oublie la trompe ou plutôt une moitié de souvenir…
– Un peu abîmée, poursuivit Mélilotus en comprenant aussitôt que Nogodar cherchait toujours à se fabriquer une seconde perle pour devenir un Quatre-Yeux.
Pendant l'année du Serpent, il avait obtenu la première partie de la formule, à force de crimes et de vols. Cette année du Cheval, celle où devait se réaliser la malédiction qui ôterait la vie au Grand Khan, Nogodar voulait sans doute se rapprocher de celui qui tuerait le maître de la Mongolie pour prendre sa place et s'emparer de l'autre moitié de la formule.
Mélilotus sortit de sa poche un vieux morceau de papier au bord déchiré.
– Vous voulez parler de cette antiquité, *Dui-Bou-Dui* ? dit-elle en donnant le

papier à Bambou-Da qui le mangea malgré la poussière. Je connais par cœur ce qui est écrit dessus. Si vous délivrez Jade-Li, et quand nous serons tous à Pékin, je vous réciterai les mots et les gestes indispensables pour faire apparaître une perle issue d'une Tortue à neuf queues.

– *Anda !* répondit le Grand Khan. Tu es petit pour un ennemi, mais tu es grand par tes promesses. Comment attaquerons-nous l'Empereur ?

– Votre armée est composée de combien de faucons ? demanda Yatagan.

– Neuf cent quatre-vingt-dix-sept faucons, répondit le Grand Khan.

– Œuf de cheval et nombril de poule ! s'écria Mélilotus. Si je vous compte avec Nogodar et votre devin, c'est justement le nombre des guerriers de pierre !

Nogodar jeta un caillou dans le feu où cuisait le mouton :

– Les statues ne peuvent pas se battre, remarqua-t-il, et vous n'avez pas le pouvoir de les faire bouger, Sieur Ma-Lo. Autant demander à un poisson de voler sur un arbre !

– *Dang-Ran, Dang-Ran !* Il me semble que l'année dernière vous faisiez bien parler une statue, répliqua Mélilotus, et que vous y cachiez des trésors. Nous allons placer chaque faucon et chaque guerrier dans les statues. Arrivés devant la Cité interdite, je dirai que je suis venue rendre l'armée de pierre à l'Empereur et, par les 9 998 colonnes qui soutiennent le palais, je vous conduirai ainsi jusqu'à la salle du Trône !

Yatagan agita son crochet de Conseiller au-dessus de son chapeau de paille.

– Acceptez-vous ce plan, Grand Khan Kubilaï ? demanda-t-il.

Le feu continuait de grandir autour du mouton et le visage du Grand Khan semblait flamber comme s'il avait déjà devant lui la tête du dragon rouge, symbole de la puissance du maître de la Chine. Il serra son poing et l'abattit trois fois contre sa poitrine puis il poussa un cri d'une telle force que les nuages furent chassés du ciel.

– Senkakudji, cria-t-il, réunis l'armée. Nogodar, libère la femme au gros ventre de chamelle. Ogodeï, mon devin, exécute le rituel du départ de notre peuple des maisons qui bougent.

Tandis que Mélilotus et Yatagan retrouvaient Jade-Li, Ogodeï jeta sur les flammes une jarre de lait de jument et tendit sa patte de loutre au Grand Khan qui prononça :

– *Anda ! Anda !* Le monde s'ouvre à toi.

Le feu s'éteignit et un nuage de vapeur blanche se souleva, Senkakudji le traversa à tire-d'aile, poussa un cri perçant et se posa sur l'épaule de son maître. Jamais faucon et homme n'avaient eu l'air aussi invincibles que les meutes de loups bleus.

藍狼

Loup bleu

十七

Chapitre dix-sept

OÙ L'ON PÉNÈTRE DANS LA GRANDE CITÉ INTERDITE POUR DÉCOUVRIR QUI EST CAVALIER-SANS-VISAGE.

Durant quatre mille sept cent deux foulées, Mélilotus, Yatagan, Jade-Li et l'armée de pierre de Sa Majesté Nipodédo-Fujiyama traversèrent le désert pour arriver au pied de la Grande Muraille. La longue forteresse s'étalait comme un crocodile géant le long de la frontière de l'Empire.

Les sumos, qui portaient les statues où étaient cachés les faucons, le Grand Khan et sa suite firent une halte, posèrent leur fardeau et burent du lait de jument pour se désaltérer.

Mélilotus, sur son cheval, fit signe à Yatagan de ralentir. Sur le superbe étalon du Grand Khan, Yatagan et Jade-Li s'arrêtèrent.

– Ma petite prune confite, dit Jade-Li. Je vois bien que tu fais semblant d'aller chasser à l'ouest pour viser l'est, mais une fois que Kubilaï sera entré dans la salle du Trône avec son armée, il tuera tout ce qui a deux bras, deux jambes et surtout celui qui porte la coiffe-du-dragon-d'or, notre bien-aimé Empereur…

Mélilotus descendit de Double-Baï avec la légèreté d'un papillon qui passe d'un haut jasmin à une petite pousse de bambou.

– C'est le moment de prévenir Ba-Ba-Lo, dit Mélilotus en sortant de son cartable un cerf-volant. Tu te souviens du filet de pêche géant qu'il avait inventé pour capturer Bègue-la-Baleine, pendant l'affaire des ailerons de requins empoisonnés ?

Yatagan secoua son crochet de Conseiller du nord au sud :

– J'entends sans cesse parler de cette affaire et je n'en sais pas plus que ce qu'a dit la *Gazette du mandarin*, se plaignit-il. Pourquoi a-t-elle rendu le juge Mi-Lo si célèbre ?

Jade-Li émit un léger son de tambour dans sa gorge, signe qu'elle lançait ses souvenirs au galop :

– C'était pendant l'année du Cochon, nous étions jeunes mariés, unis comme glu et laque…

– Chaussette et botte, miel et nectar, barbe et cheveux, récita Yatagan.

– *Dui-Dui !* confirma Jade-Li en souriant. Phénichette avait à peine…

Mélilotus gonfla ses narines et croisa les bras derrière sa cape noire comme un samouraï de l'île d'Hokkaïdo.

– *Damé !* ordonna-t-elle à Yatagan, tu écouteras le récit de cette affaire dans quelques lunes, quand toi, Ma-Ma-Li tu berceras ton *Xiao-wa-wa* dans son *Poussi-poussa*.

– *A-ya !* s'étrangla Jade-Li en agitant ses manches comme un poussin qui apprend à voler. *Damé !* Vraiment ?

– *A-yi !* s'étouffa Yatagan. Pas d'histoire maintenant ?

Mélilotus rajusta ses gants de cuir vert et donna à tous le signal de repartir vers Pékin.

– Les contes peuvent attendre quand on va rencontrer l'Histoire, dit-elle. Sumos, à vos statues ! Yatagan et Ma-Ma-Li, aidez-moi à écrire un message sur ce cerf-volant !

Tel un général de troupes, Mélilotus avait réuni autour d'elle ses deux conseillers et, en moins de temps qu'il n'en faut à une araignée pour faire deux tours de toile, elle écrivit à son père :

> Cher Ba-Ba-Lo
> Une équipe qui gagne cherche à vaincre avant de combattre, elle est vaincue si elle cherche à combattre avant de vaincre.
> Nous t'attendons à Pékin avec ton filet grand comme un océan. Rendez-vous dans la salle du Trône le jour du Bois à l'heure du Tigre.
> Ta fille qui a gardé ta cape de quatre pieds intacte.
> Petit-Soubresaut : Ma-Ma-Li a grossi de sept cents fois le poids d'un plat de pattes de phénix aux châtaignes aigres-douces. Viens Kuaï kuaï !

Yatagan eut à peine le temps d'accrocher une plume de cygne au cerf-volant de Mélilotus que celle qui ressemblait de plus en plus à Sieur Ma-Lo chevauchait déjà Double-Baï pour envoyer son message à son père.

Yatagan et Jade-Li remontèrent sur l'étalon du Grand Khan et galopèrent dans les montagnes chauves tout en regardant le cerf-volant s'envoler vers la douce île de Haï Nan.

Tandis que Senkakudji survolait Pékin, Mélilotus et son escorte se dirigeaient vers la porte de la Cité interdite.
Personne dans la capitale de l'Empire n'avait le droit, en longeant les hauts remparts, de tourner la tête vers les palais sacrés sous peine de se faire arrêter par les gardes de Sa Majesté.
Senkakudji vola au-dessus des soixante-douze hectares que formait cette ville dans la ville. Il vit les 9 998 colonnes qui soutenaient les palais aux toits de tuiles si jaunes que le soleil se cachait, jaloux de ne pas briller avec la même puissance. Le faucon blanc plana au-dessus de la salle du Trône et choisit de se poser juste derrière, sur le sommet du palais de l'Harmonie-Parfaite.
Toujours à l'extérieur, Mélilotus, accompagnée de Yatagan, descendit de cheval devant les gardes de Sa Majesté.
– Ouvrez les portes à Sieur Ma-Lo, à Jade-Li et au cadeau de Sa Majesté Nipodédo-Fujiyama.
Deux gardes armés de lances plus pointues que le dard d'un scorpion s'avancèrent.
– Qui es-tu ? demandèrent-ils d'une seule voix.
Yatagan se redressa sur ses pieds nus et éleva son crochet au-dessus de son chapeau de paille.
– Je suis le Conseiller de Sa Majesté l'Empereur de Chine, répondit-il.
– Tu me parais bien petit pour être Conseiller, dit l'un des gardes.
– Je ne suis pas petit, je suis nouveau, répliqua Yatagan.
Jade-Li, aussi épuisée qu'un litchi sans écorce soumis à une tempête de sable, descendit de cheval.

– Honorables Gardes, dit-elle. Je suis déjà venue avec mon mari le juge Mi-Lo, c'était il y a deux fois cinq ans. Si le mot de passe n'a pas changé, ce devrait être…
Prise d'un malaise soudain, Jade-Li frotta ses deux grains de beauté au-dessus de ses sourcils pour retrouver le mot oublié.

À l'intérieur de leur statue, les faucons commençaient à s'impatienter comme des grenouilles au fond d'un puits sec. Mélilotus n'avait pas le temps de tourner sept fois ses mains dans sa poche, elle se saisit de l'épingle surmontée d'un phénix. De sa main gauche, elle lança à Jade-Li le sort-qui-change-un-sentiment-en-son-contraire.
– *Man-man-yi-dianr !* s'écria Jade-Li. Je me souviens maintenant. C'est le féminin de scarabée… *Bou !* ajouta-t-elle en secouant ses manches devant son ventre.
Mélilotus insista et pointa de nouveau l'épingle en la tournant deux fois vers le sud et murmura :
– Phénix renaît des cendres, feng huang fait feu de tout contraire.
– J'y suis, s'exclama Jade-Li, c'est comme dans l'affaire des ailerons de requins empoisonnés !
Elle leur chuchota alors le mot de passe. Les gardes hochèrent la tête et se regardèrent comme des méduses qui se voient pour la première fois devant un miroir.
– La première affaire du juge Mi-Lo, poursuivit Jade-Li, vous vous en souvenez ?
– *Liao-bu-qi !* s'écrièrent les deux gardes. C'est lui qui a arrêté Bègue-le-Cachalot ?
– *Bou !* Bègue-la-Baleine, reprit Jade-Li. Ne serions-nous pas mieux autour d'un thé pour rappeler ces souvenirs aussi vieux que joyeux… Surtout dans mon état, moi qui attends un *Xiao-wa-wa,* ajouta-t-elle en entraînant les deux gardes vers un salon de thé.
Yatagan buvait les paroles de Jade-Li comme du jus de soja au miel et allait la suivre pour l'écouter raconter la fameuse enquête quand une voix se fit entendre dans son dos.
– Monsieur le Conseiller, nous avons un cadeau à livrer, dit Mélilotus. C'est pour l'heure du Dindon ou celle de la Fauvette ?
Yatagan rejoignit à reculons Mélilotus qui pénétrait la première par les portes ouvertes de la Cité interdite.

La rivière des Eaux-Dorées se dressait à l'intérieur, les séparant par cinq ponts en marbre blanc de la salle du Trône. Chevauchant côte à côte, Mélilotus, sur Double-Baï et Yatagan, sur l'étalon de Kubilaï, ils découvrirent le palais secret où les attendait l'Empereur.

Autour d'eux, tout était silencieux comme de la glace sous la nuit, seuls quelques pétales de jasmin roulaient sur le sol mêlés à des plumes blanches de faucon, soufflés par le vent du nord.

Les mille sumos marchaient au pas derrière eux et franchirent les ponts comme s'ils marchaient en équilibre sur des cheveux d'ange.

Deux serviteurs vêtus de plumes de paon ouvrirent les portes de la salle du Trône. Mélilotus et Yatagan attachèrent leur cheval à une colonne aussi rouge que la langue du Fu-She-Fu-She et entrèrent.

Dans un coin de l'immense salle où brûlait de l'encens par neuf bâtonnets, Mélilotus remarqua les deux jumeaux, Ping-Avant et Pong-Arrière, blottis derrière une colonne dont trois hommes mis bout à bout n'auraient pas fait le tour. Son père était donc arrivé avec le filet de pêche géant. Le piège destiné à capturer le Grand Khan, Nogodar et son armée était prêt de fonctionner comme elle l'avait décidé.

Caché par les colonnes pourpres, l'Empereur sur son trône demanda :
– Sieur Ma-Lo, avez-vous réussi votre mission ?
Les ministres de guerre, de culture, d'éducation et de grands travaux publics étaient tous là, chacun armé de sabre même s'ils ne savaient pas tous s'en servir.
– *Kou Tou !* ordonnèrent-ils.
Mélilotus se prosterna front contre terre et sa cape noire se déploya sur le sol de marbre rose.
– *Ma ma Hou hou*, répondit-elle. Je vous rapporte le cadeau que vous m'avez prêté dans votre infinie bonté, mais vous le savez, une montagne peut cacher une dune qui cache à son tour un…
Malgré ses pouvoirs, Mélilotus ne s'était pas réconciliée avec son manuel de proverbes, et elle se tourna vers Yatagan pour qu'il l'aide à terminer sa phrase.
– "Une montagne peut cacher une dune qui cache à son tour un petit rocher", dit-il en se prosternant aux pieds de l'Empereur.

Tout près du trône, Mélilotus reconnut une odeur familière qu'elle avait déjà respirée en retournant dans la maisonnette de Haï Nan. Elle releva la tête lentement : la cape blanche, les cheveux en désordre, le masque noir. Armé d'un grand arc de cinq pieds, Cavalier-sans-Visage se tenait à la gauche de l'Empereur. Après avoir posé leur guerrier, les sumos se retirèrent dans la cour. Certaines statues commencèrent à se craqueler comme banquises-qui-se disloquent. Un faucon, puis dix puis cent sortirent de leur cachette. Soudain Cavalier-sans-Visage hurla :
– *Xiao-Xin !*

Mélilotus se retourna et vit derrière elle le Grand Khan qui pointait son arme sur son cou.
Nogodar, qui aurait préféré rester caché, n'avait pas d'autre choix que de sortir à son tour.
– Ne le tue pas maintenant, Maître, dit Nogodar au Grand Khan, pas avant qu'il ne t'ait transmis la formule.
De son bras puissant comme sept pattes de tigre, Nogodar prit le sabre des mains de Kubilaï.
Tout le monde dans la salle crut ainsi que le dangereux criminel voulait sauver Mélilotus et avait changé de camp.
Enragé comme un loup errant, le Grand Khan prit son arc et visa le front de Nogodar. Ce dernier prit son élan et se propulsa dans les airs, fit une cabriole arrière et disparut derrière une colonne.
Le feu dans les yeux, la lave au bord des lèvres, le Grand Khan se retourna vers l'Empereur et donna le signal à ses faucons :
– *Anda ! Anda !* cria-t-il. Percez-lui les yeux !
Tous les faucons se jetèrent vers l'Empereur, le bec en avant. Cavalier-sans-Visage brandit son arc pour protéger Sa Majesté mais, parmi les mille oiseaux, il ne savait lequel abattre en premier. À cet instant, Mélilotus brandit son épée en l'air.
– Jette le filet, Ba-Ba-Lo ! cria-t-elle.
Caché en équilibre, sous les poutres du toit, le juge Mi-Lo déclencha le filet qui tomba comme une averse sur les faucons en plein vol. Prisonniers mais toujours vivants, les faucons se débattaient à travers les mailles.
Seul derrière une colonne, le Grand Khan continuait de viser de sa flèche la tête de l'Empereur.
– *Kuaï kuaï*, Méli, lança Cavalier-sans-Visage. Aveugle-le !
Mélilotus sursauta, pourquoi le mystérieux cavalier l'avait-il appelée par son surnom ?

– *Kuaï !* répéta-t-il.
Mélilotus réunit son courage et ses deux mains puis sauta devant le Grand Khan et brandit son épée étincelante.
Aveuglé par les triples rayons, le Grand Khan poussa un cri à faire tomber les plumes de ses faucons. Cavalier-sans-Visage prit alors une flèche de son carquois, tendit la corde de son arc. Pour mieux viser, il enleva son masque et interrogea l'Empereur du regard. Sa Majesté pointa son index en l'air et la flèche fusa. Mélilotus eut juste le temps de baisser la tête et de perdre sa coiffure de garçon, la flèche transperça le cœur du Grand Khan.
Kubilaï mourut aussitôt. Les cheveux tombant, Mélilotus se retourna pour applaudir le talent de Cavalier-sans-Visage. Il n'avait plus de masque, il n'était pas du tout le même mais pourtant c'était bien lui.
– Ming-Flèche-des-Deux-Espaces, tu… c'est toi… mais… balbutia-t-elle.

Tandis que le juge Mi-Lo ordonnait l'enterrement du Grand Khan de Mongolie et se demandait où était encore sa douce Jade-Li, Mélilotus se redressa et s'avança vers son *Bao Bei*.

– C'est moi, et toi, tu n'es pas sieur Ma-Lo, mais une fille, celle que j'ai toujours connue, dit Ming-Flèche-des-Deux-Espaces en lui tendant sa main droite où l'on voyait la marque de la louve blanche.

Mélilotus rangea son épée et tendit sa main quand un craquement se fit entendre à l'intérieur de l'une des statues de pierre.

Mélilotus et Ming-Flèche-des-Deux-Espaces reprirent leurs armes à la vitesse de la foudre qui fond sur un arbre.

Ogodeï, le devin du défunt Kubilaï, sortait en dernier de sa cachette.

– Inutile de me tuer, je veux juste parler, dit-il en sortant de son sac en peau de serpent sa patte de loutre. "Ce que le destin unit nul ne saurait le séparer." Dans la vie comme dans la mort. La prédiction s'est réalisée. Le Grand Khan a été tué par son ennemi de toujours, l'année du Cheval.

Sur ces mots, le vieil homme jeta son sac à terre en signe de soumission et partit vers la porte de la Cité interdite.

Un cri perçant se fit entendre. Senkakudji, haut dans le ciel, volait à tire-d'aile vers le sud de l'Empire.

寶貝

Amoureux

Épilogue

OÙ L'ON SE RÉJOUIT D'APPRENDRE QUE LE JUGE MI-LO SAIT CHANGER DES *KOU-KOU-CHI*.

Cinq lunes plus tard, dans les bâtiments sud du Yamen, Jade-Li donna naissance à un magnifique *Er Zi*.

Ming-Flèche-des-Deux-Espaces, Yatagan, Lame-la-Précieuse, M. Vent, Toujours-Là et Oreille-Bon-Vent attendaient que le juge Mi-Lo et sa fille arrêtent de se disputer et trouvent un prénom pour le *Xiao-wa-wa*.

– Mille tortillons de nouille trop molle, Ba-Ba-Lo ! éclata Mélilotus. Tu ne peux pas l'appeler ainsi, c'est beaucoup trop long…

– Mi-Lo-junior-à-la-clairvoyance-incontestée-par-les-vingt-deux-pattes-du-dragon-d'or n'est pas si long, bougonna-t-il. C'est complet, précis…

– Et un peu prétentieux, observa Jade-Li qui avait retrouvé tous ses pouvoirs depuis la naissance.

Sous sa manche, elle fit tourner son anneau de jade contre sa fiole verte et, en moins de temps qu'il n'en faut pour compter deux grains de riz, une pluie de petits pois tomba sur le chapeau du juge qui lui fit perdre sa voix pendant un aller-retour de sablier.

Mélilotus frotta le bout de son nez et se pencha sur le *Poussi-poussa* du *Xiao-wa-wa*.

– Quand j'étais devenue un garçon, dit-elle, j'avais choisi de m'appeler Ma-Lo…

– Cela t'allait comme mes deux gants, sourit Ming-Flèche-des-Deux-Espaces.

– Ma-Lo, comme c'est *Ke-Aï* ! applaudit Lame-la-Précieuse.
– Et ce sera facile à écrire sur un éventail, ajouta M. Vent.
Jade-Li siffla entre ses deux dents du haut un peu écartées, ce qui signifiait qu'elle était contente, puis elle prit son *Xiao-wa-wa* dans ses longues manches.
– *Ni hao*, Ma-Lo, lui chuchota-t-elle.
Mélilotus se rapprocha de son petit frère pendant que Yatagan dessinait leur portrait dans son cahier.
– Il a déjà deux perles, murmura-t-elle à sa mère.
– *Dui !* répondit Jade-Li à voix basse, mais il ressemble quand même à son père. Tu ne trouves pas ses yeux un peu groin-de-grenouille ?

Le juge Mi-Lo commençait à retrouver l'usage de sa voix quand son bourreau-arracheur-d'aveux fit irruption dans le salon.
– Votre Excellence, dit-il, le gong-des-injustices n'arrête pas de sonner. Di-d'or, le vendeur d'huile de la place du Marché-Rouge, s'est fait voler son âne et son sac d'argent.
Le juge Mi-Lo poussa un soupir si puissant que les pompons de son chapeau s'agitèrent dans les cinq directions.
– Un nouveau prénom pour mon *Xiao-wa-wa*, se plaignit-il.
– *Bou !* C'est déjà décidé, dit Jade-Li.
– Un nouveau procès à juger, poursuivit-il.
– *Dui !* Il va commencer, dit Mélilotus en entraînant son père vers les bâtiments nord.
Aucun procès ne s'était déroulé depuis si longtemps que toute l'assistance partit dans la salle du tribunal. Jade-Li resta seule avec Ma-Lo et partit le promener dans son *Poussi-poussa* à l'intérieur du jardin à l'entrée sud du Yamen.
De l'heure du Singe à l'heure du Cochon, le juge Mi-Lo perdit l'équivalent de sept gourdelettes de sueur à force d'attendre l'issue de l'affaire de Di-d'or.

Le jeune garçon s'était fait voler son âne et son sac qui contenait cinq cents sapèques. L'animal et l'argent avaient disparu depuis deux fois deux jours.
Au moment où le juge Mi-Lo allait abattre son maillet, un âne entra dans la grande salle.
Di-d'or se retourna et reconnut son âne.
– Yakanô, tu es revenu ! s'écria-t-il. Di-d'or sauta au cou de son âne et remarqua qu'il n'avait pas de selle et que le sac d'argent n'y était plus.
Le juge Mi-Lo fit le tour de son bureau et interrogea Di-d'or.
– Est-ce bien Yakanô, ton âne ? demanda-t-il.
Le jeune garçon se prosterna devant le juge Mi-Lo qui ordonna à ses greffiers de se munir de leur pinceau.
– C'est bien mon âne, mais sa selle et mon argent ont disparu, dit-il.
– Di-d'or, interrogea le juge Mi-Lo, je pense que le voleur a pris peur et a relâché ton âne, mais je m'engage devant toute cette assistance à retrouver ton argent et ta selle. Le voleur a donc gardé l'âne pendant deux fois deux jours…
Toute la ville des Cinq-Saisons attendait la lumineuse bouche-de-bec du juge Mi-Lo, mais il semblait ailleurs et n'avait qu'une seule bouche-de-bec bien à lui, rejoindre sa douce Li et son petit Ma-Lo.
Mélilotus et Ming-Flèche-des-Deux-Espaces, qui étaient assis au premier rang, devinèrent son embarras, se regardèrent et se tournèrent tous deux vers Yatagan et son père.
– Vous n'auriez pas un éventail pour aider Ba-Ba-Lo ? demandèrent-ils d'une seule voix.
M. Vent tira de sa manche un éventail et le leur tendit.
– Voilà un nouveau modèle à manche de bambou où est intégré un pinceau déjà plein d'encre pour écrire un message urgent, dit-il. Je l'ai appelé l'évent-phrase, cela convient-il aux amoureux ?

Mélilotus rougit de la pointe de ses sandales de printemps à sa frange.
Ming-Flèche-des-Deux-Espaces sortit du manche le petit pinceau et écrivit sur l'éventail :
"Un animal retourne toujours dans le dernier endroit où on l'a nourri. S'il est resté deux fois deux jours chez le voleur, il y retournera et vous mènera ainsi tout droit à sa cachette."
Il referma l'éventail et le tendit à sa *Bao Bei*.
– À toi de jouer maintenant, ma Méli, dit-il en lui donnant l'évent-phrase.
Mélilotus embrassa discrètement Ming-Flèche-des-Deux-Espaces sur la joue.

– *Gua-gua-za-za !* dit Yatagan derrière eux. Mélilotus est devenue une boîte à salive...
– Attends un peu que je vise la jarre de mon père pour lui envoyer l'évent-phrase, dit-elle.
Yatagan haussa les épaules.
– Tu es toujours la dernière au tournoi de Bouclance, remarqua Yatagan.
– Si je vise bien aujourd'hui, je gagnerai le prochain tournoi, déclara-t-elle.
Yatagan défia son amie du regard.
– Je mangerai mon chapeau de paille et te prendrai dans mon équipe de Bouclance si l'évent-phrase arrive à destination, mais sans tour de Simple-Triple, dit-il.
– Accepte le pari de Yatagan, conseilla Ming-Flèche-des-Deux-Espaces à Mélilotus.
Mélilotus et Yatagan se serrèrent chacun le bout du nez et conclurent ainsi leur pari.
La jarre du juge Mi-Lo se trouvait à seize queues de panthère du premier rang où se trouvait Mélilotus.
Elle ferma l'œil droit et visa du gauche.
L'évent-phrase fusa dans les airs et, sous les trous de son chapeau de paille, Yatagan vit l'invention de son père atterrir dans la jarre du juge Mi-Lo.

En moins de temps qu'il n'en faut pour dire *Dui*, le juge Mi-Lo ordonna qu'on relâche Yakanô pour qu'il retrouve le voleur. Ming-Flèche-des-Deux-Espaces donna un baiser à Mélilotus, Yatagan mâcha son chapeau pendant sept allers et retours de sablier et les gardes du juge Mi-Lo revinrent avec l'âne, le voleur et le sac d'argent, à la plus grande satisfaction de tous.

Le juge Mi-Lo allait frapper son maillet pour rendre son jugement quand il vit apparaître son épouse, les cheveux en l'air comme un porc-épic.
– Horreur ! cria-t-elle en frappant le gong-des-injustices.
Le juge Mi-Lo fit signe à sa douce Li de se taire.
– *Bou-xu !* Ma jadéite, je vais rendre mon jugement, dit-il. Je vais venir changer les *Kou-kou-chi* de Ma-Lo après…
– Il n'a pas besoin d'être changé, cria Jade-Li, mais d'être retrouvé…
Tout le monde se retourna vers Jade-Li et commençait à dire que la nouvelle maman avait perdu la tête.

– Ce Nogodar, tu t'en souviens ? hurla Jade-Li.

Le juge Mi-Lo descendit de son estrade et tenta de calmer sa femme.

– Lors de la guerre contre la Mongolie, il a sauvé notre Mélilotus, dit-il. L'Empereur et moi-même avons donc décidé de ne plus le poursuivre…

Jade-Li jeta le *Poussi-poussa* contre son mari et pointa une épingle que Mélilotus ne connaissait pas. Celle-ci était surmontée d'un dragon d'or identique à celui que portait l'Empereur.

– Ce grand sauveur, je viens de le voir, il vient d'enlever notre enfant… expliqua Jade-Li.

– Nogodar ! s'écria Ming-Flèche-des-Deux-Espaces.

– Mon petit Ma-Lo, pleura Mélilotus.

Devant le *Poussi-poussa* vide, toute la ville des Cinq-Saisons se demandait pourquoi Nogodar avait enlevé le fils du juge Mi-Lo et de Jade-Li.

Seules Mélilotus et sa mère entendirent le cri de Senkakudji et comprirent que le faucon blanc avait adopté un nouveau maître et un *Xiao-wa-wa* qui répondait au nom de Ma-Lo.

馬羅

Ma Lo

Nogodar a enlevé le petit Ma-Lo contre une rançon :
le reste de la fameuse formule pour se fabriquer une perle et détrôner l'Empereur.
Pour l'aider à retrouver son petit frère,
Ming-Flèche-des-Deux-Espaces va rester auprès de Mélilotus…

POUR MIEUX COMPRENDRE L'UNIVERS DE MÉLILOTUS

Lexique

Aï-wo-wo : Boulettes en forme de yo-yo à base de fruits confits, de blancs de poulet laqués et de nouilles au soja.
Amitoufu : Autre nom de Bouddha.
Anda : Esprit supérieur.
Bao Bei : Chéri(e).
Bi-zui : Taisez-vous !
Bou : Non.
Bou-xu : Interdit !
Cha cha : Silence, silence ! Chut, chut !
Chun-chong-zi : Nul, stupide, médiocre.
Dang-Ran, Dang-Ran : C'est ça, c'est ça, fais-moi marcher…
Damé (en japonais) : Ça suffit !
Dui-Bou-Dui : Oui ou non ?
Duwa Suqor : Prenez garde aux mauvais esprits !
Er Zi : Fils.
Gua-gua-za-za : N'importe quoi.
Han : Héros.
Jie-jie : Grande sœur.
Jiu dun shi ba huo : "Neuf marmites et dix-huit feux" ; festin.
Kan-yi-kan : Regardez !
Ke-Aï : Mignon.
Kou-kou-chi : Couches de bébé.
Kou Tou : Prosternez-vous !
Kuaï kuaï : Vite, vite.
Liao-bu-qi : Bravo, félicitations, excellent.
Ma ma Hou hou : Couci-couça, peut-être (littéralement : "Cheval cheval tigre tigre").
Man-man-yi-dianr : Calme-toi ! Doucement.
Ni hao : Bonjour.
Poussi-poussa : Poussette, landau.
Qing-Qing : Je vous en prie.
Song-Song : Bruit des ailes.
Tian-er-zi : Petit fils du ciel.
Xiao-wa-wa : Bébé.
Xiao-Xin : Attention !
Xie xie : Merci.
Yi, Er, San : Un, deux, trois.
Zai jian : Au revoir.

Les jours de la semaine

Lundi : le jour-de-la-lune
Mardi : le jour-du-feu
Mercredi : le jour-de-l'eau
Jeudi : le jour-du-bois
Vendredi : le jour-du-métal
Samedi : le jour-de-la-terre
Dimanche : le jour-du-soleil

Les formules de Mélilotus

Shi ji mo ji (formule utilisée pour normaliser les situations absurdes avec un moulin-à-poivre et formule utilisée pour rendre la vie après avoir tranché 16 pépins de melon) : "À quoi bon se mordre le nombril."

Cil à cil immobile, telle est la cible :
Formule utilisée pour paralyser quelqu'un avec l'épingle surmontée d'un dragon.

Cible la est telle immobile, cil à cil :
Formule utilisée pour délivrer.

Réveil-fainéant… Bulle-Océan :
Formule utilisée pour réveiller quelqu'un avec des graines bleues.

You-zui-yan / Fei-zhen-yan (formule utilisée pour interroger l'avenir avec les allumettes divinatoires) : "L'étincelle ne fait pas la flamme !"

Long wei yan yan (formule utilisée pour endormir quelqu'un malgré lui avec le moulin-à-poivre) : "Queue de dragon et œil de bouc."

Shi wei zhi (formule utilisée pour transformer les choses avec des gestes) : "Pierre transforme-toi en papier !"

Zhi wei shi (formule utilisée pour transformer les choses avec des gestes) :"Papier transforme-toi en pierre !"

Phénix renaît des cendres, Feng huang fait feu de tout contraire :
Formule utilisée pour changer un sentiment en son contraire avec l'épingle surmontée d'un phénix.

Correspondance des heures

Heure du Rat : 23 h à 1 h
Heure du Buffle : 1 h à 3 h
Heure du Tigre : 3 h à 5 h
Heure du Lapin : 5 h à 7 h
Heure du Dragon : 7 h à 9 h
Heure du Serpent : 9 h à 11 h
Heure du Cheval : 11 h à 13 h
Heure du Mouton : 13 h à 15 h
Heure du Singe : 15 h à 17 h
Heure du Coq : 17 h à 19 h
Heure du Chien : 19 h à 21 h
Heure du Cochon : 21 h à 23 h

Les dix manières de saluer (DMDS)

Salut numéro 1 : le *Gong Shou*, saluer les mains jointes devant la poitrine.
Salut numéro 2 : le *Zuo Yi*, saluer en s'inclinant, les bras pendants dans le vide, puis se redresser en joignant les mains comme dans le salut numéro 1.
Salut numéro 3 : le *Da Qian*, saluer en pliant le genou.
Salut numéro 4 : le *Gui*, s'agenouiller.
Salut numéro 5 : le *Kou Tou*, saluer à genoux en frappant le sol du front.
Salut numéro 6 : le *San Kou*, même opération que le salut numéro 5, mais répétée trois fois.
Salut numéro 7 : le *Liu Kou*, saluer à genoux en frappant le sol du front trois fois, se relever, s'agenouiller de nouveau et recommencer.
Salut numéro 8 : le *Jiu Gui San Kou*, salut numéro 7 répété trois fois.
Salut numéro 9 : le *Wan Fu*, qui est réservé aux femmes, salut numéro 1 en disant : "Dix mille bonheurs !"
Salut numéro 10 : le *Shou Bi*, qui est réservé aux enfants de moins de deux fois huit ans, saluer en se touchant le nez avec l'index.

Liste de trente mots pour jouer au dé-ogramme

1 : Anniversaire : 生日
2 : Dragon : 龍
3 : Tigre : 虎
4 : Chéri : 寶貝
5 : Ennemi : 敵人
6 : Peut-être : 也許
7 : Hier : 昨天
8 : Aujourd'hui : 今天
9 : Demain : 明天
10 : Secret : 密
11 : Réussite : 成功
12 : Défaite : 失敗
13 : Attention : 小心
14 : Baisers : 吻
15 : D'accord ? : 行不行
16 : D'accord : 行
17 : Pas d'accord : 不行
18 : Oui : 對
19 : Non : 不
20 : Petit déjeuner : 早餐
21 : Déjeuner : 午飯
22 : Dîner : 晚飯
23 : Après : 以后
24 : Avant : 以前
25 : Matin : 上午
26 : Midi : 中午
27 : Soir : 晚上
28 : Rendez-vous : 約會
29 : Bonjour : 你好
30 : Au revoir : 再見

TABLE

Direction artistique :
Guillaume Berga

Maquette :
Amandine Chambosse

Reproduit et achevé d'imprimer
en septembre 2005
par l'imprimerie Aubin à Poitiers
pour le compte des éditions
ACTES SUD
Le Méjan
Place Nina-Berberova
13200 Arles.

Dépôt légal
1re édition : novembre 2005
N° impr. P 69132
(Imprimé en France)